新潮文庫

破　船

吉村　昭著

新潮社版

3378

破船

1

波打ち際《ぎわ》に、古びた菅笠《すげがさ》が所々に動いている。岩礁《がんしょう》のつづく遠い岸に砕けた波の飛沫《しぶき》があがると、次々に飛沫が近づき、伊作の立つ岸の海水もにわかにふくれ上って、岩に激突すると散った。

雨はかなりの降りで、海面は白く煙っている。笠の破れ目から波しぶきのまじった雨水が流れ落ちていた。岩礁のつらなる海岸に、わずかばかりの砂浜があり、そこにも笠が動き、岸に寄せられた木片が集められている。

伊作は、波がひくのを待って海水に足をふみ入れると、岩の間にはさまった流木をつかんだ。破船した船の材にちがいなく、ゆるく弧をえがいていて釘穴《くぎあな》らしいくぼみもある。九歳のかれの力には余るものだったが、足を岩角にふんばって引くと材が岩の間から少しはなれた。

かれは、波頭が水しぶきを散らしながら近づくのを眼にして、岸に急いだ。背後で波の砕ける音がし、海水が笠を音高くたたいて降りかかってきた。波がひきはじめると、泡立つ海水の中にふみ込み流木に手をかけた。

そうした動作を繰返しているうちに、流木が少しずつ岸に近づき、やがて大きな波に乗って岸に打ち揚げられてきた。かれは、波に運び去られるのを防ぐため材にしがみついた。

材のくぼみに指を食いこませて波打ちぎわから引き揚げると、村道の方へ曳《ひ》いていった。

流木を束ねて背に負うた者たちが、雨に打たれながら磯をはなれて村道にあがってゆく。それらの流木よりも伊作の曳く材の方がはるかに大きく、材質も固そうであった。家に運べばかなりの薪《まき》が出来るのに、死人を焼くのに使ってしまうことが惜しく思えた。

村道にあがると、死人の出た家から笠をつけた女が出てきて、材を曳くのに手を貸してくれた。家の板戸を開き、伊作は女と材を曳き入れた。土間には、流木が無造作に積み上げられ、材はその傍に置かれた。

かれは、笠の紐《ひも》をとき材の上に腰をおろして、家の奥に眼を向けた。死人は五十歳を越えた金蔵という男で、わずかに腰のあたりに布が巻かれているだけで裸身であった。病臥《びょうが》するようになった頃には食欲が失われていたが、数日前から家族は水を飲ませるだけになっていた。死の定まった者に、食物をあたえる家族はいない。

坐棺《ざかん》におさめられる死人は、硬直のはじまらぬ前の処置として膝《ひざ》を折り曲げられ、さらに荒縄でかたく縛りつけられて、死人柱に背をもたせて坐《すわ》らされていた。骨が皮膚の表面に浮き出し、腹部のみが痼《しこ》ったように異常なほどふくれ上っている。白髪の細い丁髷《ちょんまげ》の上に、十字に結び合わせた魔除《まよ》けの苧殻《おがら》がのせられていて、頭が少し前に垂れていた。

伊作の母が、床に置かれた棺を拭《ふ》いている。炉には、村の者に振舞われる雑炊が大きな鍋《なべ》で煮られ、その匂《にお》いが土間にも漂ってきている。

雨が勢いを強めたらしく、波の音が薄らぎ、雨音が家を包みこんできた。かれは、鍋の中を杓子《しゃくし》でかき廻す女の手の動きを見つめていた。


翌朝、雨はあがり、秋らしい澄んだ空がひろがっていた。

家々から人が出てきて、死人の出た家に集ってきた。家の中では、村の老女たちが低い声で読経《どきょう》をしていた。

伊作は、男たちと流木を割って作った薪の束を背負い、金蔵の家を出た。枯枝のかさばった束を背にした男もいる。

かれは、男たちの後について細い村道をたどると、峠に通じる山路《やまみち》にかかった。村の背後には岩の所々むき出しになった荒々しい山肌がのしかかっている。十七戸の小さな家々は、海に押し落されまいとして狭い海岸線にしがみついているようにみえる。家の板壁は、潮風にさらされつづけているためか、粉をふいたように白い。萱《かや》ぶきの屋根には、風に吹き飛ばされることを防ぐため石塊《いしくれ》が数多くのせられているが、石も白茶けている。家の周辺のゆるい傾斜地には、段状の耕地がある。肥料をあたえても砂礫《されき》の多い土は肥えることもなく、乏しい作物しか育たない。穀類は、稗《ひえ》、粟《あわ》、黍《きび》にかぎられていた。

伊作は、男たちと山路から樹林の中へ入っていった。林の中の土は雨水をふくみ、水の溜《たま》った個所もある。かれは、何度も足を滑らせながら男たちの後から路《みち》をたどった。

やがて樹林がきれ、小さな墓石や古びた卒塔婆《そとば》の並ぶ空地に出た。その地の片隅に、石垣で三方をかこんだ焼場があり、男たちは近づくと背の薪や枯枝の束をおろした。

伊作は、男たちと近くの石に腰をおろした。額や首筋に湧《わ》いた汗が、潮風にふれて快い。かれは、村を見下した。

細長い葬列が金蔵の家の前をはなれて、海沿いの村道を動いてくる。先頭には竹竿《たけざお》の先端につけられた長い白布がひるがえり、その後に丸太でかつがれた棺がつづいている。列の後部には子供たちの歩く姿がみえた。

「今日の仏のように、口べらし様では死にたくねえな」

男の一人が、つぶやくように言った。

金蔵は、その年の夏、蛸《たこ》つきに岩礁を歩きまわっている折、足をすべらせて腰を岩角に激しく打ちつけ、家で身を横たえるようになった。足腰の立たなくなった金蔵は、家族にとって働くことなく食物を口にするだけの荷厄介な存在であり、限られた食物しか保有していない村にとって、病人が死を迎えるのは口べらしの意味をもっている。

人の死は、その直後、家族や村人を悲しませはするが、村には霊帰《たまがえ》りの信仰があり、諦《あきら》めも早い。生命は神仏の授かりもので、人の霊は死と同時に海の彼方《かなた》に去るが、時を得て村に霊帰りし女の胎内に宿って嬰児《えいじ》としてよみがえる。死は霊帰りまでの深い休息期間であり、村人たちが長時間悲しむことは死者の安息をかき乱すものだとされている。墓地の墓石や卒塔婆が一様に海に向けて立てられているのは、霊が村にもどるのを願う意をふくんだものであった。

葬列は、山路にかかると動きがゆるやかになった。

伊作は、列の動きをながめながら、父を思った。父は、春、三年切りの年季奉公で島の南端にある西廻り船の出入りが頻繁な港の回船問屋に売られていった。それは、父が望んだことで、船の下子《したご》として働いているはずであった。

伊作を頭に弟と妹がいたが、昨年暮れ、さらに女児が産まれた時、父は年季に出る気持をかためたようだった。

水子の命を断つ習わしが他の地にあることは耳にしているが、村にはない。みごもることは死者の霊が村にもどってきたことを意味し、生まれ出てきた嬰児を死に追いやるなどということは、たとえ家族が飢えるおそれがあっても許されない。

伊作は、夜、ほの暗い部屋の中で母におおいかぶさった父の体が律動的に動き、露《あら》わになった母の足が、膝を屈したり強く伸びたりする情景を何度も眼にした。それが、先祖の霊帰りをうながす行為であることは知っていたが、産まれた嬰児が加わることによって家族の貧窮がさらに深まることも知っていた。

村は、海に鋭くせり出した岬の断崖《だんがい》で南を閉ざされ、わずかに北への峠越しの路で他の村落へ通じている。それは、岩場づたいの険阻な路で、深い谷を二つも渉《わた》り、蔓《つる》のからみ合う樹林の中の急斜面をのぼってようやく峠にたどりつく。そうした地勢が、村を孤立したものにさせていた。村の者たちは、その路をたどって漁獲物を他の村落に運び、農作物その他に換えて持ち帰る。が、それらは、家族の者の空腹をいやすには不足であった。

飢えから家族を守るのに容易な方法は、家族が身を売ることであった。峠を越えた隣接の村には、口入れ屋を兼ねた塩買いの商人がいて、まとまった金を身売りの代価としてあたえてくれる。その金で家族の者は穀物を買い入れ、家に運ぶ。

主として売られるのは娘だが、戸主である男も身売りをする。父とともに村から出ていった十四歳のたつという娘は、十年切りの年季奉公の約束で銀六十匁《もんめ》で売られて行ったが、三年切りの父が同額の銀をあたえられたのは異例の好条件と言えた。それは、父が村でも際立った頑健な体をもち、舟の操作にも長《た》けていたからにちがいなかった。

「三年たてばもどる。それまでは子供たちを飢えさせるな」

口入れ屋の戸口で、父は、母と伊作に鋭い眼を向けた。

母は銀の一部で穀物を買い、伊作は母とともにそれを背負って山路を村へ向った。

かれは、多くの銀があたえられたことに父への畏敬《いけい》の念をいだき、自分もそのような肉体を得たいと思った。

墓地で憩《いこ》う男たちは、娘や息子を年季に出している者たちばかりであった。伊作の傍に坐っている貧弱な体をした男は、昨秋、妻を五年切りで売っている。村に残っている戸主の男は、薪や枯枝を墓地に運びあげた者たちと、棺をかついでくる四人の男だけであった。

人の列の先端が樹林の中に入るのを眼にすると、男たちはおもむろに腰をあげた。

かれらは、焼場の内部に残された灰をならし、石垣の通風孔につまった土や灰をとりのぞいた。束ねられた枯枝の縄がとかれ、石垣に材が渡され井桁《いげた》に組まれた。

鉦《かね》の鳴る音がきこえ、人の列が樹林の中を近づいてきた。白布をつけた竿を腋《わき》にかかえているのは伊作の母で、林のはずれから出ると竿を高く立てた。鉦をたたく老人の後に読経する女たちがつづき、棺もゆれながら現われた。

母が竿を土に突き立て、棺が焼場のかたわらに置かれた。棺をかついできた者たちは、思い思いの場所に腰をおろし、胸もとをはだけたり汗をぬぐったりしている。焼骨の仕度を整えた男たちが、棺に結びつけられた丸太をはずし、棺をかつぎ上げて焼場の材の上にのせた。伊作は、男たちの指示にしたがって薪を材の間にさし入れた。

火の点じられた苧殻が枯枝の上に落されると、煙が湧き、枝が燃えはじめた。坐っていた者たちが立ち上って石垣をとりかこんだ。再び鉦がたたかれ、読経の声が起った。

組まれた材に火が移り、棺が炎に包まれた。潮風に、炎が布のはためくような音をたててなびく。材がはじける度に、火の粉が散った。

伊作は、男たちと莚《むしろ》を墓地の近くの渓流にひたしては、炎の上に投げ上げた。炎を抑えることによって、死人の体はよく焼けるという。棺が焼けくずれ、露出した死人の体から多彩な炎がふき出しはじめた。眩《まば》ゆい黄色の炎がみえるかと思うと、緑色の炎に変ったりする。薪が加えられ、濡《ぬ》れた莚が投げ上げられた。伊作は、炎を見つめながら口を動かしていた。

死人の体が小さくなった頃、黍で作られた焼団子が配られた。

黒くなった遺体を男たちが棒で荒々しくつつくと、さまざまな色の小さな炎が湧き出た。それが反復されるうちに炎は衰え、遺体も熾《おこ》った炭火のように朱色になった。

日が、傾きはじめた。

林のはずれの樹林に莚が屋根のように張られ、家族はその下で夜守りをし、翌朝、骨拾いがおこなわれることになった。村人たちは合掌すると、焼場をはなれた。

伊作は、大柄な母の後について樹林の中の路をおりはじめた。かれは、母に何度殴られたか数知れない。力が驚くほど強く、耳がしばらく聞こえなくなったこともある。

殴られる原因はさまざまだったが、骨惜しみしたことを詰《なじ》られた時が最も多い。魚をみろ、魚でさえいつも体を動かしている、と母は口癖のように荒々しい声を浴びせかけてきた。母は恐しい存在だったが、容赦なく自分を殴る母に身を託しきっていられるような安堵《あんど》も感じていた。

樹林をくぐりぬけると、山路に出た。あたりに西日があふれ、海も輝いている。小さな岬の上に数羽の鳥《からす》が舞っているのがみえた。

母は、老いた女と言葉を交しながら山路をくだっている。

伊作は、初めて葬《とむら》いに焼場へ薪を運ぶ男たちに加えられたことに満ち足りたものを感じていた。それは大人に準じた扱いをされたことを意味し、やがては棺を男たちとかつげるようにもなるだろう。しかし、かれは同年齢の者よりも小柄で、瘦《や》せてもいた。父は、二年半後に年季が明けて村にもどってくるはずだが、父と入れ代りに、自分も村の十代の男や女と同じように年齢を二、三歳偽って年季奉公に出されるにちがいなかった。その折に体が小さければ、口入れ屋は周旋を拒むか、たとえ引受けてくれたとしても銀の量はわずかだろう。

伊作は、いつもの癖で背伸びをするように爪先《つまさき》を立てて山路をくだった。前方を歩いていた女たちが足をとめ、それにつづく村人たちも立ちどまった。かれらは、一様に左手の方向に眼を向けている。

伊作も、それにならった。

岩の露出した低い山と山の間から、遠く緑につつまれた峯《みね》のつらなりが見える。

「山が赤くなってきた」

傍に立つ女が、つぶやくように低い声で言った。

峯々は、西日を受けて輝いているが、ひときわ高く屹立《きつりつ》した峯の頂き附近に、染料をしたたり落したような淡い朱の色がみえる。二日つづきの雨で霧が立ちこめ、峯を望むことはできなかったが、その間に峯の樹葉は色づきはじめていたのだろう。

伊作は、峯を見つめた。

紅葉は、例年、その峯の頂きからはじまり、徐々に他の峯々の稜線《りょうせん》に移り、やがて雪崩《なだれ》のように速度を早めて山肌を朱の色に染めながら下方へひろがってゆく。それは、深く刻まれた谷々を越え、低い山をおおい、やがて村の背後の山を染める。その頃には、すでに遠い峯々に枯葉の色がひろがっているのが常であった。

村に、秋の気配は濃い。茅《かや》の尾花が穂をのばし、その頃、磯に寄ってくる小さい尾花蛸もとれはじめている。それはきわめて美味で、生で口に入れたり茹《ゆ》でて食べたりする。家々では、子供たちが干物《ひもの》にするため開いて、竿から竿に張った縄につるしていた。

尾花蛸の漁獲についで紅葉の訪れがあるが、村の者たちは山が赤く染まるのを眼にして大きな期待をいだく。

紅葉の色が褪《あ》せ、葉が落ちはじめる頃から海は荒れがちになる。二日ほど凪《なぎ》の日があると、その後の数日間は激浪が押し寄せ、波しぶきが家々にも降りかかってくる。荒れた海は、時として村に思わぬ恵みをあたえてくれる。それは、乏しい耕地や磯で得られるものなどとは比較にならぬ豊かなもので、数年は村で年季奉公に身を売る者も皆無になる。恵みは稀《まれ》にしか村にあたえられぬが、人々はその訪れを願って生きている。紅葉は、恵みの訪れる可能性のある時期が近づいてきていることをしめしていた。

村人が歩き出し、列が動きはじめた。かれらは、峯の頂きに眼を向けている。

伊作は、山路を下りながら海をながめた。干潮時で、鋭く突き出た岬の根に岩が露出し、わずかにくぼんだ村の前面の海にも、かすかに水面から頭部をのぞかせた岩がみえ、その附近が泡立っている。

岸に近い海には複雑に入り組んだ岩礁《がんしょう》がつらなり、蛸、貝類を棲《す》みつかせ、魚類を憩わせている。藻がゆらぎ、海苔《のり》は岩肌に分厚く貼《は》りついている。男たちは小舟を出して魚類をあさり、女や子供たちは岩の間をさぐって海草を採り、貝類を拾う。村にとって、岩礁のひろがる海は生命を維持させてくれる貴重な漁場だが、豊かな食物、金銭、衣類、嗜好品《しこう》、什器《じゅうき》などをあたえてくれる場所でもあった。

恵みの訪れはむろん不規則で、二、三年つづいたこともあれば、十年以上も絶えたままであったこともあるという。最近の訪れは六年前で、かれが三歳の初冬であった。幼児の頃の記憶は漠としているが、その折の思い出は鮮烈なものとして胸に残っている。家の中が妙に明るく、両親をはじめ村人たちが頰を紅潮させ、歯列をむき出して笑っていた。その異様な空気に、かれはおびえて泣きつづけたことをおぼえている。

村の沸き立つようなにぎわいが、どのような原因で起ったかを知ったのは二年前であった。

その年も紅葉が村を染めた頃、村人総出の行事がおこなわれたが、それがなにを祈願するものであるかを知らぬ伊作は、同年齢の佐平という少年にたずねた。

「お前、知らねえのか」

佐平は、蔑《さげす》みにみちた眼を向けてきた。

伊作は、佐平に羞恥《しゅうち》を感じ、家にもどると母にたずねた。

「お船様だよ」

母は、答えた。

伊作は、頭をかしげた。

「ほれ、あそこにあるお椀《わん》もお船様が恵んでくれたのだ」

母は、煩《わずら》わしそうに言うと、棚の上に視線を向けた。

かれは、椀をあらためて見つめた。木をくりぬいて作った荒けずりの椀とちがって、木地がひどく薄く、しかも厚さが平均している。なにかが塗られているらしく、赤地の木肌は艶《つや》やかな光沢をおび、二筋の金色の細い線が縁に沿ってえがかれている。それは、使われることなく棚の上に置かれたままになっていて、正月と盆に食物が盛られ先祖の位牌《いはい》に供えられるだけであった。

母は、それきり口をつぐんだ。

かれには、その木椀が村の行事とどのようなつながりがあるのか見当もつかなかったが、かれの無知を嘲笑《ちょうしょう》した佐平からお船様についてきかされ、木椀がどのような意味をもつものかも知るようになった。

お船様とは、村の前面にひろがる岩礁の多い海で破船する船のことだ、と佐平は言った。お船様には、食物、什器、嗜好品、繊維類などが積まれているのが常で、それらは村人の生活を十分にうるおす。また、岩や波浪に破壊され磯に打ち寄せられた船材は、家の補修にあてられたり家具づくりにも利用されたりする。冬をひかえてもよおされる村の行事は、航行する船が岩礁でくだかれることを祈願するためのものだという。

「烏浜《からすはま》にある洞穴《ほらあな》のことも、知らねえのだな」

佐平は、大人びた口調で言うと、脂《やに》のこびりついた眼を南の方向に向けた。そこには、小さな岬が海に突き出ていて、波の白いしぶきにふちどられている。岬の頂きに低い松が数本生えているが、その附近にしばしば烏の舞っているのがみえた。

「洞穴のことはきいているよ。浜に流れついた死人を捨てる洞穴のことだろう」

伊作は、反撥《はんぱつ》するように言った。

「流れつく死人だけではなく、お船様に乗っていた者たちの骸《むくろ》も捨てる場所だ」

佐平は、薄く笑った。

伊作は、佐平の言葉の意味がつかみかねたが、行事の意味と家に置かれた塗り椀がどのような性格をもつものかを理解することはできた。

かれは、あらためて三歳の折の記憶を反芻《はんすう》した。父や母が村人たちとともにはしゃいでいたのは、その年にお船様の訪れがあったからであることにようやく気づいた。

さらに、それから一、二年は、現在の生活では考えられぬ食物を口にしたり、珍しい物を眼にしたことも思い起した。

祝いごとや村に死者が出た夜、母は、甕《かめ》から米をすくっては粥《かゆ》をつくってくれた。発熱した折、母が壺《つぼ》を大切そうにかかえてきて、その中から白いものを指先にのせてなめさせてくれたこともある。それは、気の遠くなるほど甘く、白糖という万病にきく薬だということも耳にした。

お盆の夜、眼にした蠟燭《ろうそく》の光も忘れられない。それは、二寸ほどの灰色をした細い棒状のもので、先端の芯《しん》に火が点ぜられた時、かれは短い声をあげた。驚くほどの明るさで、そのまばゆさに眼がくらむような感じさえした。小さい棒からなぜそのような強い光が発するのか、不思議でならなかった。しかも、松明《たいまつ》や魚油をふくんだ灯芯とはちがって黒い煙も出ず、むしろかぐわしい匂《にお》いがする。光は美しく、時折りかすかにはじけるような音を立てて微細な光の粒が散った。

それらもお船様が村に恵んでくれたものにちがいなかったが、いつの間にか眼にすることもできなくなっていた。

村は、お船様によってうるおったが、それはすでに過去のことになっているのだ。

ただ、その名残りは今でも眼にすることができた。隣家には古びた茣蓙《ござ》が床に敷かれ、村おさの家には〈七と書かれた櫃《ひつ》がある。火という文字の記された大きな水桶《みずおけ》の据えられた家もあった。それらは、伊作の家の塗り椀と同じように、お船様から得たものであることはあきらかだった。

2

村に紅葉の季節が迫ったことを知った伊作は、前年の晩秋とはちがった眼で、遠くの峯《みね》の頂きにひろがる朱の色を見つめた。

死人を焼く男たちの中に加えられたかれは、自分が大人扱いされた喜びを感じると同時に、老人、女、子供がほとんどである村内での自分の立場も自覚した。前年までは、子供として村の行事を見守っていただけだが、今年からは大人たちとともにそれに積極的に加わらねばならぬ、と思った。

村人たちは、それぞれの家に消え、伊作は母の後から垂れ蓆《むしろ》をくぐって家の中に入った。

昨年暮れに生まれたてるが、床に腹這《はらば》いになって泣いている。長い間泣いていたらしく声はかれていたが、母の姿に気づいて這い寄ってきた。

母は、気にかける風もなく土間の甕《かめ》に近づき、欠けた椀《わん》で水をすくうと、咽喉《のど》を鳴らして飲み、裏の厠《かわや》に入っていった。やがて着物の裾《すそ》を直しながらもどってきた母は、床にあがると坐《すわ》り、てるの体を無造作に膝《ひざ》の上に抱いた。衿《えり》がはだけられ、浅黒い豊かな乳房がむき出しにされた。

てるが、もどかしそうに頭を左右に動かしながら乳房にむしゃぶりついた。乳を吸う音が起ったが、鼻がつまって苦しいらしく、時折り乳房から顔をはなして嬰児《えいじ》とは思えぬほどの荒い息をすると、すぐに乳首に吸いつく。

死人が出た日と焼骨した日は、死者の安息をかき乱さぬ配慮から労働をひかえる仕《し》来《きた》りがある。伊作は、漁に出なくてもよいことが嬉《うれ》しくつろいだ気分になっていたが、たとえ忌《い》みごもりの日とは言え骨休めをきらう母が恐しく、床の端に腰をおろして母の横顔に時折り視線を走らせていた。

弟や妹は裏山の中に入って遊んでもいるのか、声もきこえない。炉の灰にいけられた薪《まき》から、かすかに紫色の煙が湧き出ていた。

「山が赤くなったね」

伊作は、母に媚《こ》びるように声をかけた。

母は、黙っている。家の中は薄暗く、板壁の節穴からさしこんだ西日が、一条の光の線になって、てるの幾分そり返った足の裏を明るく浮び上らせている。

「薪を運べ」

母が、てるに乳首をふくませながら言った。

伊作はすぐに立つと、裏口から外に出た。岩のむき出しになった傾斜の所々に、芒《すすき》の穂がゆれている。日が山あいに沈みかけていて、村の半ばは暗くなっていた。

かれは、板壁ぞいに積みあげられた薪をかかえた。


翌朝、かれは海に出た。

冬に入れば、海は荒れて漁獲は乏しくなり、それまでに出来るだけ多くの魚介類を家に運び入れなければならなかった。幸い、例年にも増して尾花蛸《おばなだこ》が磯に寄せてきていた。

岩礁《がんしょう》には、男たちや十歳前後の少年たちが小舟に乗って、岩の間で蛸採りをしている。伊作は、父が遺《のこ》していった舟の櫓《ろ》を操って海面を移動した。

かれは、舟をとめると長い鉤竿《かぎざお》を手にした。竿の先端に赤い布がむすびつけられていて、岩かげや繁茂した藻の近くに伸ばした。竿の先をかすかに動かすと、岩のくぼみや藻の奥にひそむ蛸が、ゆらぐ布を餌《えさ》と錯覚するらしく姿を現わし近づいてくる。

かれは、なれた手つきでそれを鉤でひっかけた。

蛸は多く、布をつけた竿をさし入れると、三尾も四尾も出てくる。かれは、素早く鉤を動かした。

父から漁の手ほどきを受けたのは二年前で、櫓を扱うことも教えてもらった。父は、母とちがって殴ることはしなかったが、不機嫌になった折に黙りこんでしまうのが恐しくてならなかった。蛸採りを教えられた時も、伊作は鉤竿を何度海に落したか知れないが、そのような折も父は無言で、海に飛びこんで竿を拾う伊作に険しい視線を向けているだけであった。

かれは、漁に巧みでなければ男として生きてゆけぬことを知っていた。それだけに漁の修得には熱心で、父が年季で身を売って家をはなれてからは、拙《つたな》いながらも大人たちにまじって漁をするようになっていた。

浜では、老人や幼い子供たちが海草拾いをし、女たちは海水に足をふみこんで岩にはりつく貝類をあさっている。

伊作は、蛸採りをつづけながら、時折り遠くの峯に視線を向けた。朱の色は、日を追うて峯々の稜線《りょうせん》から下方に流れ落ちて山肌を染め、近くの山にも紅葉の色がひろがりはじめていた。

気温が低下し、海水の冷えも増した。尾花蛸は磯に続々と寄ってきているらしく、赤布をひらつかせると、十尾近い蛸が一斉に水中をのぼってくることもあった。かれは鉤を動かし、蛸の吐いた墨が消えるのを待って、再び布のついた竿をさし入れた。

裏山の樹葉に、紅葉の気配がきざした。それにともなって、毎年の例にもれず、急に蛸の磯ばなれがはじまった。竿を海中に入れて布をふっても、時折り姿をみせるだけで、やがてそれもみられなくなった。

尾花蛸の漁は終ったが、例年以上の漁獲であった。家々では、開かれた蛸を藁紐《わらひも》に並べて吊《つる》し、秋の陽光にさらしていた。それは、正月の欠かせぬ食物として、隣接の村落を通じて他の山間部の村々にも売られ、代償に村人たちは穀類を手にすることができるのだ。

村が紅葉につつまれた頃、お船様の行事が村人総出でおこなわれた。

二十八歳の身ごもった女が、夫の操る舟にのせられ、せまい砂浜をはなれた。女は、小さな注連縄《しめなわ》を手にささげ、沖に顔を向けてゆられてゆく。

舟は、岩場の間を巧みにすりぬけながら進み、やがて動きをとめた。孕《はら》み女を舟にのせた女が、注連縄を海面に投げた。浜に集った村人たちは合掌した。孕み女を舟にのせるのは大漁を祈るためのもので、さらに注連縄を投ずるのは、航行中の船が村の前面の岩礁で破船することを願うものだった。

伊作は、乳呑子《ちのみご》を背にくくりつけた母や弟妹たちとともに、上下しながら磯へ引返してくる舟を見守っていた。潮が満ちていて岩はほとんど水面下に没していたが、それでも所々で海水が泡立っていた。

舟が浜につき、女が砂地にあがった。浜に集っていた人々の間に道ができ、女がその間をぬけて歩きはじめ、人々は後に従った。いつもは陽気で甲高い笑い声をあげるその女は、別人のように硬い表情をして浜の傾斜をのぼってゆく。

女は、道に出るとゆっくりした足どりで進み、村おさの家に入っていった。

伊作は、男たちの後から土間に足をふみ入れ、かれらの体の間から家の中をうかがった。老いた村おさが正坐《せいざ》し、その前に箱膳《はこぜん》がおかれ、椀に食物が盛られている。女が、手をついて村おさに頭をさげた。伊作は、前年まで土間に入ることが許されなかったので、その行事を眼にするのは初めてであった。

女が立ち上ると、裾をからげ、膳に近づくと勢いよく足でくつがえした。椀が飛び、食物が床に散った。女は、再び村おさの前に坐《すわ》り頭をさげた。膳をくつがえすのは、船の顚覆《てんぷく》を願うもので、それで行事は終った。

村人たちは、それぞれの家の方に散りはじめた。行事のおこなわれた日は、働くことが禁じられているので、伊作は母の後から家に通じる小路《こみち》をたどった。

かれのすぐ前を、村で刳舟《くりぶね》づくりに最も長《た》けた仙吉とその家族が歩いている。仙吉は幼時に腿《もも》の骨を折り、今でも片方の足が極端に短い。長女が年季奉公に売られているが、十五歳の次女も近々のうちに年季に出されるのではないか、と言われている。伊作は、仙吉の後に歩いている三女の民の後姿を見つめていた。仙吉の妻に似て色が浅黒いが、眼は張り、鼻筋も通っている。体の動きに、動物にみられるようなしなやかさがあった。かれは、民の姿を眼にするたびに体が異様なほど熱くなるのを感じていた。

村では十五歳になれば若衆として、妻に望む娘に積極的に近づくことが許された。夜、その娘の家に忍びこみ、娘が肉体関係をこばまなければ家族は黙認する仕来りになっている。伊作は、民の体を抱くことができれば、と強く願っている。民が一歳上であることが、気がかりであった。自分が若衆になる前に、民が他の男に体をゆだねることも十分に考えられる。それは、伊作にとって堪えがたいことであった。

それに、民が姉たちにならって身を売られるおそれもあった。女は奉公先で下女として働くのが常だが、年季が明けても村にもどってくる者は少い。村の貧しい生活をいとうこともあるのだろうし、奉公している間に定まった男ができて、年季明けとともに所帯をもつ者もいるらしい。たとえ村にもどってきても、十年切りの奉公をした者などは婚期おくれになっていて、妻に死なれた男以外に嫁ぐ先はない。年上の女を妻にしている者もいるが、伊作は民と同じ屋根の下で過せるようになれるかどうか心もとなかった。

別れ路《みち》に来て、民は両親たちと海沿いの路を歩いてゆく。伊作は、短い着物の下からのぞく民の足を見つめていた。


北西風が、村に吹きつけるようになった。

伊作は、山に入って木を切り家に運んでは薪づくりにはげみ、海が凪《な》いだ日には舟を出して釣糸をたれた。

遠くの峯々に朱の色が消え、村の背後の傾斜に繁《しげ》る樹木の紅葉も色褪《いろあ》せた。気温は、日増しに低下した。

樹葉が枯れ、落葉がしきりになった。風が強い日には、岩山から群れをなして枯葉が舞いあがる。それらは村の道や屋根に降りかかり、遠く海面に落ちるものも多かった。

海は荒れ、波浪が岩礁にくだけてしぶきが浜に近い家々にかかるようになった。波の音が、村をつつみこんだ。

日が没すると、磯の一部にある砂礫《されき》のひろがるせまい浜で、塩焼きがはじめられるようになった。

女たちは、村おさの家の蔵から運び出した三十個近い平箱を浜にならべると、砂を入れ、そこに桶《おけ》で運んだ海水を流し入れる。砂が天日で乾くと海水で洗い、塩分の濃い水を桶にとって、岩礁のつらなる磯に据えられた二個の大釜《おおがま》へみたした。

塩焼きの薪は、各戸で等分に出し、男たちが交代で火を見守り、夜明けまでに塩が出来る。それは、村人にとって不可欠の必需品であったが、塩焼きはお船様の到来をうながす行事に近い意味ももっていた。

3

伊作は、枯木の束を背負って山路をくだった。

空が茜《あかね》色に染まり、海は荒れている。白波が立ち、磯や岬に激浪が砕け散っている。冬季に入ると海は四日荒れ、二日凪ぐというが、三日前から風波がはげしく、漁に出ることもできない。路には至る所に岩が露出し、枯木の重さで体が前にのめりそうであった。

家の屋根が近づいた。母が裏口の傍に立って、こちらを見上げている。母が、手招きした。なにか急な用事があるようだった。

かれは、杖《つえ》を突いて家の裏手におり立った。

「村おさ様からお使いが来た。用があるそうだ、すぐに行け」

母は、口早やに言った。

村おさの姿は時折りみるが、声をかけられたことなどない。どのような理由で呼ばれたのか、思い当ることはなかった。

「早くしろ」

母は、珍しくかれに近づいて背負った物をおろしてくれると、背を強くたたいた。かれは、小走りに歩き出した。空にひろがっていた朱の色が薄れ、海が黒ずみはじめている。波の飛沫《しぶき》に、磯は濡《ぬ》れていた。

路を進み、石段をのぼった。村おさの家に雇われている老いた男が、蓆《むしろ》にひろげた雑穀をとりこんでいる。

土間に入ると膝《ひざ》をつき、頭をさげた。村おさは、炉の傍に坐《すわ》っていた。

伊作がとぎれがちの声で、名を告げた。なにかのお咎《とが》めを受けそうな予感がし、膝におこりのようなふるえが起っていた。

「今夜から塩焼きをしろ。初めての夜だから吉蔵について仕事を習い、それからは一人で焼け。火を絶やすな」

村おさの声は、幼児のように細く甲高かった。

伊作は、額を土にすりつけた。

「行け」

村おさの言葉に、かれは膝をついたまま入口の方にさがり、立つと、土間の外に出た。

体が熱くなり、頬がゆるんだ。塩焼きの夜守りを命じられたのは、成人であることを認められたことを意味している。死人を焼く仕事に加えられた時から予感めいたものはあったが、それが現実のものになったことを知ると、抑えがたい喜びが体にみちた。

海岸沿いの路を家に向って走った。すでに空には、暮色がひろがっていた。

かれは、松明《たいまつ》を手に家を出た。母は、かれが塩焼きを命じられた話をきくと、珍しく上機嫌になって大豆を煎《い》り、夜食用に渡してくれた。

松明の炎が、風になびく。路から磯におりた。前方の砂浜に火の色がみえ、人影が動いていた。

足を早め、人影に近寄った。男の片眼が、こちらに向けられた。一方の眼は青白く濁り、光を失っている。吉蔵は伊作の父と親しく、塩焼きを教えてもらうには好都合だった。

砂地の上に、大きな石が窯《かま》の土台のように二個所に並べられていて、それぞれに大《おお》釜《がま》がのせられている。一方の釜の下にさし入れられた枯枝に火が点じられていた。

「そちらにも火をおこせ」

吉蔵が、五間ほどはなれた場所に置かれた大釜に眼を向けた。

伊作は、張りのある声で応じると、かぶされた蓆の下から枯枝の束を引き出して背負い、釜の傍にはこんだ。そして、枝を石がこいの中に入れ、燃えた枯枝をさしこんだ。枯枝が音を立てて燃えはじめた。かれは、薪《まき》を火の上に加えた。

二個の釜の下で、炎があがった。沖から吹きつけてくる風に、炎がなびき、火の粉が砂地に散る。伊作は、板がこいをした仮小屋の丸太に、吉蔵と並んで坐りながら炎に眼を向けた。

吉蔵は、数年前、眼病にとりつかれて漁に出られなくなり、妻を三年の年季で売った。妻は、島の南端にある港で年季を終え、村にもどってきた。その帰村が年季明けの日から半年近くおくれたため、かれは、妻が年季奉公の間に他の男と肉体関係をむすんでいたにちがいない、と疑った。

村人の間にも、かれの妻が子を孕《はら》み、産んだ水子を始末したりしたので年季を伸ばされたのではないかという噂《うわさ》が流れたが、真偽はわからなかった。

吉蔵は、妻を殴ったり蹴《け》ったりし、遂《つい》にはその髪を切り落した。妻は、伊作の家に泣きながら逃げてきて、その都度、伊作の父と母が夫婦の間に入った。吉蔵が妻に荒い仕打ちをすることをやめたのは、村おさにきびしくたしなめられたからだが、その後、かれは暗い表情の口数も少い男になっている。

かれは、夜になると伊作の家にしばしば顔を出した。粟《あわ》でつくった酒を持ってくることもあり、父の口にする漁の話を無言でうなずきながらきいたりしていた。

「浜で、なぜ塩を焼くのか、知っているな」

吉蔵の眼が、伊作に向けられた。

塩は、村で消費される一年分の量が採取され、人数割りで家々に分配される。吉蔵が、浜で、とことさら言ったのは、それ以外の理由を問うていることに気づいた。

「お船様を呼び寄せるためだろう?」

かれは、吉蔵の顔をみた。

吉蔵は、黙って釜に視線をもどした。その表情に、伊作は、自分の答がかれを満足させていないらしいことを感じた。

塩焼きの仕事をあたえられるようになったからには、その役目のすべてを知らねばならない、とかれは思った。村の仕来《しきた》りにはわからぬことが多いが、大人として認められたかぎり、知らぬままに過すわけにはいかない。今後、当番の夜は一人で塩焼きをしなければならず、吉蔵にその目的をもれなく訊《き》きただしておく必要がある。

「塩焼きは、お船様が浜にくるよう祈るものではないのかね」

かれは、問いただした。

「祈るだけではない。沖を走る船を浜に引き寄せるためだ」

吉蔵の顔に、もどかしそうな表情が浮んだ。

「船を引き寄せる？」

「そうだ。イヌイ（北西）の風が吹きつけるようになると、海が荒れよう。沖で難儀する船も多くなる。夜、船の中に水が打ちこんできて、沈むのをふせぐために刎荷《はねに》もせねばならぬ。その時、闇《やみ》の中に、塩焼きの火をみる船びとたちはその火を眼にして人家のある浜と知り、船を岸に向ける」

吉蔵の眼が、伊作の表情をうかがうように光った。

伊作は、吉蔵の顔をみつめ、海に視線を向けた。

星の散った空と黒い海との境いが、かすかにみえる。海面下には、岩礁《がんしょう》が入り組み、しかもかなりの範囲でひろがっている。村の漁をする者たちは、岩礁と岩礁の間を縫うように小舟を進めるが、大きな船が前面の海に乗りこめば、たちまち船底はくだかれてしまうだろう。

かれには、ようやくなにかがわかりかけてきたように思えた。塩焼きは、破船の船を招く祈りの行事と思いこんでいたが、船の破船をうながす手段でもあることに気づいた。

塩の採取が目的なら、昼間に焼く方が便利であるのに、夜間にかぎられている理由が理解できた。また、凪の夜に塩焼きがおこなわれぬのは、船が悪風で航行不能になることがないからにちがいなかった。

「火の勢いが弱まった」

吉蔵が、腰をあげた。

伊作は立ち上ると、吉蔵の後に従い、蓆をめくって薪の束をかかえた。そして、右方の釜に近づき、釜の下に薪を投げこんだ。

時化《しけ》の暗夜で難破の危険にさらされた船の者たちは、死の恐怖におそわれ、あらゆる手段をとるという。かれらは、積荷を海に捨て髪を切って神仏の加護を祈念し、さらに船が危うくなると、安定を保つため帆柱を切り倒す。そうしたかれらの眼に、塩焼きの炎は人家の灯にみえるだろう。かれらは、神仏への祈りが通じたと喜び、船を炎に向けて進めるにちがいない。

薪が炎につつまれ、火勢が強まった。

かれが仮小屋にもどると、吉蔵は丸太に腰をおろし、砂地の上に枯枝を重ねていた。

枝に火が点じられ、薪がそえられた。伊作は、火に手をかざした。冷気が急に増したようであった。

「塩焼きの火で、お船様がやってくるんだね」

伊作は、光る眼を吉蔵に向けた。

吉蔵はうなずくと、

「この頃は来ないが、来る時はつづいてくる。おれが父親と漁に出はじめるようになった頃には、四年間も毎年お船様がやってきた。十一歳の時などは、ひと冬に三艘《そう》もだ。それもみな、塩焼きの火に誘われてやってきたのだ。その頃は身売りする者などいなかった」

と、低い声で言った。

伊作は、常になく吉蔵の口数が多いのは自分が親しい男の息子であるという気易さからなのだろう、と思った。と同時に、かれが妻を年季奉公に出したことを考えているからかも知れぬ、とも思った。眼病をわずらったとしても、お船様の訪れさえあれば妻を売らずにすみ、夫婦の関係も冷えることはなかったはずだ。

かれは、海を見つめた。刳舟《くりぶね》づくりに巧みな仙吉の三女の民のことが思われた。仙吉の長女はすでに売られ、次女も年季に出されるのではないかと噂されている。もしも、これから数年間、海からの恵みがなければ、民も長女と同じ境遇におちいるにちがいない。

かれは、落着きを失い、体を動かした。お船様がやって来てくれていたら、身を売ることもなかったのだ。父もお船様が到来するかどうかは、村の者たちの生き方を大きく左右する。

「塩焼きの役目は、火を絶やさぬことと、海にお船様がやってくるのを見定めることだ」

吉蔵の眼が、焚火《たきび》の火に映えて朱色に光った。

「この冬は、やってきてくれるだろうか」

伊作は、海に眼を向けた。

「わからぬ。沖廻りの船は、イヌイの風が吹く頃になると、海を恐れて船を出さぬ。それでも、どうしても運ばねばならぬ荷があると、凪《なぎ》の日を選んで帆をあげる。米を積んだ船が多い」

吉蔵は、つぶやくように言った。

焚火に体が温まると、急に眠気がおそってきた。体が麻痺《まひ》し、瞼《まぶた》が垂れかける。もしも眠りに負けたら、塩焼きの仕事は取り上げられ、母は激しく憤《いきどお》って自分を殴りつけるだろう。村人からの蔑《さげす》みを受けることも恐しかった。

かれは立ち上ると、小屋を走り出て釜の傍に近づいた。寒風が吹きつけてくる。背伸びをし、釜の中をのぞいた。塩をふくんだ湯がたぎり、湯気がゆらいでいる。火の加減をみた。

薪を数本かかえ、釜の下に投げこんだ。眠気が、いつの間にか薄らいでいた。


夜が、明けてきた。

火は消えていた。釜の水はすべて蒸発し、白いものが底からふちの近くまでひろがっている。かれは、吉蔵の指示で釜の上に半割りの大きなふたをのせた。塩の処理は、釜が冷えきった頃に浜へおりてくる女たちにまかせればよいのだ。

顔も手足も衣服までが、潮気で粘ったような湿りをふくんでいる。夜を徹して起きていたため、体が熱をおびていた。

「帰ろう」

吉蔵が声をかけ、歩き出した。

伊作も、かれにならって浜を道の方にあがっていった。

家に入ると、すでに炉にかけられた鍋《なべ》から湯気が立ち昇り、弟や妹たちが炉ばたに坐っていた。かれは、天秤棒《てんびんぼう》の両端に桶《おけ》をさげ、近くの井戸に水を汲《く》みに行った。海は明るみはじめ、空の一郭に薄れた星がみえるだけであった。家にもどると、炉のかたわらに坐り、椀《わん》に雑炊をすくった。母に塩焼きの仕事を無事に果したことを口にしたかったが、黙っている母にそのようなことを話すのがためらわれた。母が弟や妹の椀に雑炊をすくってやると、鍋の中は空になった。母は、いつものように鍋に水を入れた。

水が湯になり、伊作はそれを椀に入れて飲んだ。ふやけた穀粒が二粒ほど、椀の底に沈んでいた。

かれは、少しの間眠らせて欲しい、と恐るおそる言った。母は、黙っていた。かれは、立つと蓆の下にもぐりこんだ。たちまち体に眠気がのしかかってきた。

一刻《いっとき》ほどして、蓆がめくられ自分の頬がたたかれるのに気づいた。顔を伏し、手を突っぱって半身を起した。

「いつまで寝ている気だ。起きて働け。海は凪だ」

母の顔が、眼の前にあった。

かれははね起き、土間におりた。母は、籠《かご》を背負って家を出てゆく。かれは、漁具を肩に母の後を追った。眠りが足らず、体がだるい。眼をこすり、あくびをした。

浜では、女たちが釜から塩をすくい、桶に入れて運んでいた。塩は村おさの家にはこばれ、家々に分けられる。

磯には、女や老人、子供たちの身をかがめた姿がみられた。海の荒れがつづいた後の凪の日には、貝、海藻類の寄り物が多い。時には、破船した材や遠くの地から潮に乗って流れてきた樹木の実や日用品のかけらのようなものが、打ち上げられていることもある。母は、小走りに磯の方へ歩いていった。

海に、小舟が浮んでいる。前夜とは異って風もなく、海は淡い陽光を浴び、おだやかだった。

かれは、浜にあげられた小舟を海面に浮べた。冷い海水に足をふみ入れ、舟を押し出した。櫓《ろ》をとる度に、父のことが思い起される。櫓をにぎる部分はなめらかで、それが父の掌《てのひら》によって丸くすり減ったものだと思うと、父が身近にいるような気がした。

かれは、櫓をゆっくりと操った。

浜に、鉄釜が並んでいる。一方の釜の塩すくいは終ったらしく、女たちは他の釜に寄り集っている。

不意に彼女たちの動きがとまり、顔が沖の方向に向けられた。伊作は、彼女たちの視線を追って首を曲げた。櫓をこぐ手をとめた。

岬のかげから三、四百石積みほどの船が、現われていた。帆はしおれて垂れているが、それでもわずかにふくらむこともある。帆の上部に二筋の黒い帆印《ほじるし》が染めつけられ、船上に積荷と人の姿もみえる。船の速度はゆるやかで、南東の方向に少しずつ動いてゆく。

かれは、船を見つめた。やがて船は、烏《からす》の舞う小さな岬のかげにかくれていった。

稲の取り入れが終ってしばらくたつと、米俵を積んだ船の往来がしきりになる。遠く沖を航行する船もあれば、海岸沿いに進む船もある。

藩に所属する船は帆の中央に家紋が大きく染められているが、その日、村の前を通り過ぎていった船は帆の上部に黒い二筋の線がみられただけで、商人の持ち船であることはあきらかだった。船は、荒天のおさまるのを待って港を出たにちがいなかった。

海の荒れている日には、日没とともに浜で火が焚かれた。

伊作は、同年齢の佐平も村おさから塩焼きを命じられたことを知った。佐平の家では、そば粉を練って団子汁をつくり、粟酒を飲み合って佐平の成人を祝ったという。

伊作は、そうした佐平が羨《うらやま》しかったが、父が年季奉公に身を売っている家の事情を考えれば、そのような扱いをうけられるはずもなかった。むしろ、父のいない家で母とともに幼い弟妹を飢えから守らねばならぬ立場にあることに、身のひきしまるのを感じていた。

塩焼きの当番は、十日に一度ほどの割合でやってきた。かれは、夕方になると一人で浜におり、夜明けまで薪を加えつづけた。眠気におそわれると、小屋のまわりを跳ねてまわったり、波打ちぎわに行って足を冷い海水にさらしたりした。その間にも、かれはお船様が近づいてきはしないかと夜の海に視線を向けていた。

昼間、時折り海を船が通り過ぎた。それは、凪の日が多かったが、時には海の荒れた日もあった。船は波にもまれて激しく上下し、半ばまであげた帆をふくらませてかなりの速度で去ってゆく。伊作は、村人たちと船の動きを見つめていた。

かれは、そうした船を眼にする度に、夜間にも時化た海上を通過する船があることを知った。

佐平から、恐しい話をきいた。

三度目の塩焼きを終えた朝、仮小屋の焚火の残り火に砂をかけていると、佐平が小屋にやってきた。

「どうだい、塩焼きは……」

佐平は、小屋の中に横たわった丸太に腰をおろした。

伊作は、佐平が年長者のような態度をとることに不満をいだいていたが、自分より体も大きく大人びた言葉づかいをするかれに気圧《けお》されるものを感じていた。佐平の眼には、世故に長《た》けた男のような光が浮ぶこともある。

「なんとかやっているよ」

伊作は、佐平から視線をはずした。

「眠くなるだろう」

佐平は、伊作の表情をうかがうように言った。

その言葉に、伊作は、佐平も眠気になやまされていることを察し、気分も少しやわらいだ。

「眠いよ」

伊作は、佐平と並んで丸太に腰をおろし、眼をこすった。

「眠いのは、気が張っていないからだ。大切なお役目だと思えば、眠気も吹き飛ぶ」

佐平の顔に、薄笑いの表情が浮んだ。

伊作は、口をつぐんだ。佐平は、少しでも隙《すき》をみせると容赦なくつけこんでくる。塩焼きを村おさに命じられたのは自分の方が先だが、佐平はそれを快く思わず、挑むような態度をとっているようにも思えた。

しかし、伊作は、佐平の言う通り緊張していれば眠気におそわれることはないにちがいない、と素直に思った。もしかすると、佐平は眠くなることもなく、塩焼きに精出し、夜の海を見守っているのかも知れない。伊作は、萎縮《いしゅく》したような思いで弱々しく眼をしばたたいた。

「お船様とお役人様のことは、きいているだろうな」

佐平が、伊作の横顔を見つめながら言った。

伊作は、佐平の顔に眼を向けた。お船様とお役人様がどのような結びつきをもっているのか、かれには見当もつかない。伊作の父も母も村について話をすることはほとんどないが、佐平の家では祖父をはじめ両親がさまざまなことを話題にし、自然に佐平の知識も豊かなものになっているらしい。

伊作が佐平にひるみに似たものを感じているのは、佐平が多くのことを知っているからでもあった。

「お役人様？」

かれは、いぶかしそうにつぶやいた。

「知らぬのか。塩焼きのお役目を引受けたのに、そんなことも知らぬとは……」

佐平は、蔑んだような眼をした。

伊作は、佐平の態度に腹立たしさを感じたが、不安にもなった。お役人様というものを一度も見たことはないが、恐しい存在であることは耳にしている。お役人様は、人を捕えて荒々しく縛り上げ、首を刎《は》ね、磔《はりつけ》にかけて火あぶりにし、槍《やり》で脇腹《わきばら》を果しなく突き上げるという。そのお役人様がお船様とかかわり合いがあり、それについて知らぬのは塩焼きの資格に欠けているとほのめかす佐平の言葉に、息苦しい気分になった。

「教えてくれぬか。お役人様がどうしたと言うのだ」

かれは、佐平を見つめた。

佐平は黙ったまま、浜ではじまった女たちの塩運びをながめている。

「爺様からきいた話だが……」

佐平が、口を開いた。

それは、かれの祖父が生まれぬ以前の、お船様がやってきた或《あ》る年の冬の出来事であった、という。その夜も時化で、難破した船が、浜で焚かれている塩焼きの火に誘われて岸に近づき、岩礁《がんしょう》で船底を打ちくだかれた。かなりの大船で、刎荷の後に残された積荷もかなりの量だったという。

「村の者たちは狂ったように喜んだが、帆印をみて驚いたそうだ」

佐平は、かたい表情で言った。

帆はおろされていたが、中央に藩船をしめす大きな帆印が染めつけられていた。船に積まれた荷は官品で、それを掠《かす》め取ればむろん苛酷《かこく》なお咎《とが》めをうける。村の者は恐れおののいて小舟を出し、破船した船にしがみつく船頭や水主《かこ》を辛うじて救い出した。さらに、時化《しけ》がおさまるのを待って積荷を浜に運び、帆や砕かれた船材も岸へあげた。岬の根には、船からふるい落された藩士の水死体二体と、水主、炊《かしぎ》の死体それぞれ一体が発見され、それらも収容した。

使いの者が峯《みね》をへだてた隣村に出され、七日後に若い役人が二人の従者を伴って村にやってきた。村おさをはじめ村人たちは、村おさの家の庭に土下座して役人を迎えた。

村人たちは、塩焼きの火が航行する船の破船をうながすものであることを察知されるのを恐れた。村おさは、役人の質問に、ただ、へっ、へっと答えるだけで額を土にすりつけ、身をふるわせていた。

幸い役人は、そのような秘めた事情があることに気づかなかった。浜で塩焼きをするのは自然であり、その火を船頭たちが人家の燈火《とうか》と錯覚し、船を岩礁の入りくむ岸に向けたのも無理からぬことと解した。むしろ、救出された船頭たちの証言で、役人は、砕かれた藩船に対する村人たちの処置を好ましいものと判断した。積荷や船材などは、村中総出で天日に干し、村おさの家の中や庭に積み上げられていた。また、収容した四体の遺体も、村おさの庭の隅に仮埋葬され、弔旗も立てられていた。

役人は、そうした村人たちに対して、咎めるべきものはないと考えたらしく、生き残った船頭たちを伴って村を去った。

しばらくして、人夫たちに牛をひかせた役人が再び村に姿を現わし、村おさの家や庭におかれていた船の積荷を牛の背にくりつけて運び出した。帆布は持ち去ったが、砕かれた船材は村に下賜《かし》された。

村の得た恵みはわずかだったが、村人たちはお咎めをまぬがれたことに安堵《あんど》した。が、かれらの精神的な動揺は容易には鎮《しず》まらず、その年の塩焼きは中止された。

春の気配がきざした頃、かれらはようやく落着きをとりもどしたが、再び思わぬ災厄に見舞われ顔色を失った。

或る日、数頭の牛をひいた三人の男が山路をやってきた。風態《ふうてい》の芳《かんば》しくない男たちで、一人は鞘《さや》の色の剝《は》げた刀を帯びていて、村おさの家にやってきた。刀を帯びた男は役人だと言い、村人の中に破船した藩船の荷をかくし持っている者がいるはずだと声を荒げた。村おさは気も動転し、声をふるわせて陳弁した。しかし、男たちはそれに耳をかさず、一泊後、村おさの家をはじめ家々に貯《たくわ》えられた食料その他を牛の背にくくりつけさせ、抜刀して威嚇《いかく》しながら牛の群れとともに山路をもどっていった。

かれらが去った後、ようやく役人をよそおった男たちであることに気づき、村の男たちは、再びかれらがやってきた折には殺害しようと鉈《なた》や鉤竿《かぎざお》を用意していたが、その後は姿をみせなかった。

「お大名の持つ船は大きく、沖廻りの船だから岸から遠くを走る。船の造りもたしかで、破船することも少い。お船様になる船は、地廻《じまわ》りの船で近くを通る商人の船だ。しかし、その時のようにお大名の船もお船様になることがある。爺様にもおやじにも言われたが、もし塩焼きをしていてお船様がやってきたら、まず帆印を見ろと言われた。そんな注意を、お前はうけなかったのか」

佐平は、伊作の顔をうかがった。

伊作は、頭をふった。塩焼きの手ほどきをしてくれた吉蔵が、帆のことについて教えてくれなかったことが恨めしかった。もしも父が家にいて、自分が塩焼きを命じられたら、おそらく佐平の祖父や父のように帆印のことについても留意するように言ってくれたにちがいない、と思った。

「ほかに、塩焼きをするのに心がけることはないかね」

伊作は、佐平が帆印の話をしてくれたことを素直にありがたい、と思った。

佐平は、浜に眼を向けながら頭をかしげたが、

「もし、お船様を眼にした時は、村おさ様のもとにそれを告げに走れ、とおやじは言った。家に駈《か》けもどったりするな、と……」

と、思いついたように言った。

伊作は、それも心にとめておくべきことだ、と思った。お船様を見た驚きで、自分も母にそれを伝えるため家に走りそうに思えた。

浜では、女たちがしきりに釜《かま》の中から焼かれた塩をすくい、それを桶《おけ》にみたして運んでいる。空には雲が走り、磯に波の飛沫があがっていた。

「もしかすると、おれのおやじも年季奉公に出るかも知れぬ」

佐平が、浜に眼を向けながらつぶやくように言った。

伊作は、佐平の横顔をみつめた。佐平の家には、すでに嫁いだ姉と十四歳の姉、二歳下の弟がいる。佐平が塩焼きを命じられた夜、家で祝いごとをしたというが、伊作の家と同じように食料は乏しいのかも知れない。身売りの順序としては十四歳の姉だが、年季が明けて村にもどってきても婚期をはるかに越えた年齢になっていて、嫁ぐ

先もない。そうしたことを哀れに思い、佐平の父は身を売ることを考えたのだろう。

「爺様は、おれがもう少し若かったら身を売るのに、と泣いている」

佐平は、こわばった頬を不自然にゆるめた。

お船様がくれば、佐平の父も身を売る必要はない。佐平は、父が村からはなれることのないようひたすらお船様の到来を願って、塩焼きをしているのだろう。

伊作は、激しい眠気を感じ、腰をあげた。

「ひと眠りするよ」

かれは、丸太に坐《すわ》っている佐平に言うと、消えた松明《たいまつ》を拾って家の方へ歩き出した。


翌朝、初雪が舞った。

雪はちらつく程度で、強い風に吹き散らされてわずかに眼にとまるだけであったが、午後に入ると密度が増し、家の入口に垂れた蓆《むしろ》をはためかせて舞いこむようになった。

伊作は、土間で薪《まき》作りにはげみ、母は襤褸《ぼろ》に近い子供たちの衣服のつくろいをしていた。衣服の布は、山中に生育するシナの若木の内皮を原料にした糸で織るが、今年の初夏にはシナの皮を採取することはしなかった。

父は、毎年、初夏の頃になると母のためにシナの若木をとりに山中へ入った。が、父のいない今年は、伊作にその余裕はなく、かれは来年のその季節には山に入り、若木の皮をはぎ取りたいと思った。

弟妹たちは、炉端に身を寄せ合って火をみつめている。父が身を売った代金で得た穀物の貯えはあるが、冬は食料を得られず出来るだけ節約して春を迎えねばならない。身を売った父が別れ際《ぎわ》に、子供たちを飢えさせるな、ときびしい表情で言った言葉が、重苦しくかれの胸にのしかかってきていた。

雪は翌日も降りつづいたが、次の朝にはやんだ。

村は、雪におおわれた。

伊作は、村の男たちと小舟を海に出し、母は寄り物を拾いに磯に出た。

釣糸を垂れたが、かかるのは小魚だけで、数も少い。魚の群れは潮流に乗って遠く去り、蛸《たこ》や烏賊《いか》も激浪の押し寄せる磯に憩《いこ》いの場を見出《みいだ》すことができず、沖の岩礁に移動してしまっているようだった。

海のおだやかな日に船影を見、時には荒れた日にも帆を半ばあげた船が過ぎた。それらの船の中には、帆の中央に大きな帆印を染めつけた船もあった。

年が暮れ、正月を迎えた。

元旦《がんたん》から五日間、村では忌《い》みごもりの行事がおこなわれた。朝夕、悪鬼を追い払うため家の前で火が焚《た》かれ、村人たちは家にこもる。笑い声を立てることは災いを招くものとされて禁じられ、話すことも忌み嫌われる。

六日に忌が明けたが、村には沈滞した空気がひろがっていた。船による米の運送はほぼ終り、海のおだやかな日にわずかな船の往来がみられるだけで、荒天をおかして航行する船などなくなる。その冬のお船様の訪れは、ほとんど期待できず、春の到来を待つだけであった。

しかし、海の荒れた夜の塩焼きはつづけられていた。焼かれた塩の量は、村の家々の一年間に使用される量を越えていたが、それらは蓄積されて、春に峯を越えた村落に売られ、穀物や漁具に代えられるのだ。

降雪の夜の塩焼きは、苦痛だった。伊作は、横なぐりに吹きつける雪の中で薪を運び、窯《かま》の中に投げこむことを繰返した。雪は、炎の色に赤く映えて乱れ舞っていた。

二月に入ると、大雪に見舞われた。家は雪に没し、家の中は闇《やみ》に近くなった。かれは、母とともに屋根の雪をおろし、家の窓の外の雪をとりのぞいて陽光のさしこむ空間を作った。

その月の中旬、前々年の暮れ近くに生まれたてるが高熱を発した。

母は、炉に鍋《なべ》をかけて湯をたぎらせ、家の中に湯気を立ちこめさせた。薬草を煎《せん》じたが、てるは飲むこともせず、母は口移しに咽喉《のど》の奥に流しこませた。

翌日の夜明けに、てるは冷くなった。母は眼をうるませて、てるの小さな顔を静かに撫《な》でていた。

近隣の村の男女が数名集り、蓆につつまれたてるを抱いた母の後から、山路《やまみち》をのぼり墓所に行った。焼場で火が点じられた時、母はその傍にしゃがみ、背を波打たせて泣き声のもれるのをこらえていた。伊作は海に眼を向け、涙を流した。父は、弟妹たちの生命を自分と母に託していったが、その約束を果せなかったことが悲しかった。おそらく母は、父のことを考えているにちがいない、と思った。

水平線が、かすかに白く霞《かす》んでいる。かれは、冬も終りに近づいたことを感じていた。

4

山に兎《うさぎ》の罠《わな》をしかけに行った男が、谷あいで梅の花が数輪咲いていたという話を村につたえた。

潮風にさらされている村に花樹はなく、山中に入らなければ花はみられない。男の報《しら》せを受けた村おさは、翌朝、男に村の重だったものを谷あいへ案内させ、それを確かめさせると、その夜から塩焼きをやめさせた。梅の開花は冬が終ったことをしめし、お船様の到来する機会は去ったのだ。浜に据えられた大釜《おおがま》は、丸太に吊《つる》されて男たちの手で村おさの家に運ばれ、真水で洗われ魚油でみがかれて蔵におさめられた。

村に物憂《ものう》い空気がひろがった。村人たちは道で出会っても口数は少く、軽く頭をさげて通り過ぎるだけであった。

気温がゆるみ、村をおおっていた雪がとけはじめた。山の方向から、時折り雪崩《なだれ》の音がかすかにきこえ、深くきざまれた谷あいで雪煙があがるのもみえた。海の荒れる日は少くなり、凪《な》いだ海面に靄《もや》が立ちこめることもあった。山中で桃の開花がみられたという話も伝えられた。

村おさの指示で、男や女たちが隣村へ塩を売りに行くことになり、伊作の家では母がかれらに加わった。一行は、雪の所々に残る山路を俵につめた塩を背負い、杖《つえ》をついて緩慢な動きで峠の方へつらなってのぼっていった。

かれらがもどってきたのは六日後で、背に穀物の俵をくくりつけていた。それらは、各家々に人数割りで配られた。

三月上旬、今年の豊漁を祈る行事がおこなわれ、伊作は村人たちと浜に行った。一艘《そう》の小舟に細い竹が二本立てられ、その間に木綿《ゆう》の四手《しで》のたれている注連縄《しめなわ》が張られていた。

正装した村おさが浜につくと、小舟が海におろされ、舟の持主である男が櫓《ろ》をとり、子を孕《はら》んだ妻が乗った。舟が、岸をはなれた。男が櫓をこぐたびに竹がゆれ、四手がわずかに微風になびく。二十間ほど進んだ位置で、舟は動きをとめた。

舟の中に坐《すわ》っていた女が立ち上ると、着物の裾《すそ》をつかんで勢いよくあおるように沖にむかってまくり上げはじめた。海神にふくれ上った腹部と陰部をしめし、魚族の生殖をうながすことをねがう。伊作たちは、合掌した。裾をまくるたびに、女の太い腿《もも》と臀部《でんぶ》が露《あら》わになる。女の動作はつづき、やがて櫓を片手でおさえた男が、他方の手でつかんだ壺《つぼ》から酒を海面にたらすと、女はようやく裾をおろして舟底に坐った。舟が引返してきて岸につくと、女は浜にあがり、歩き出した村おさの後についてゆく。女は、村おさの家で形ばかりの酒と食物を振舞われるのだ。

伊作は、その日から他の男たちとともに、時化《しけ》の日をのぞいて舟を海に出すようになった。例年のように、大鰯《おおいわし》が来はじめていた。それは、日を追うて数を増し、釣糸をたらすとすぐに鉤《はり》にかかる。回游《かいゆう》してきた鰯の群れは体も肥え、脂《あぶら》ものっていて、釣糸の引きも強い。それらは生のままで食べたり、すり身にして団子にし雑炊に入れられる。さらに、母は魚をひらいて干し、除かれた臓物を桶《おけ》にためて畠《はたけ》の肥料として保存した。

鰯の魚影が淡くなった頃、年季奉公に身を売る五名の者が、小雨の中を村からはなれていった。その中には佐平の父と、十六歳になる民の姉もまじっていた。かれらは、隣村の口入れ屋で値づけをされるので、代価の銀をうけとる家族の者も同行していた。

伊作は、舟の上からかれらの姿を見つめていた。菅笠《すげがさ》の列は、くねった山路《やまみち》をのぼってゆき、途中でとまると動かなくなった。かれらは、奉公先で死ぬこともあるし、それでなくとも年季明けまで眼にすることのできぬ故里《ふるさと》との別離を惜しんでいるようだった。

再び動き出した菅笠の列は、白く煙った雨の中にゆれながらとけこんでいった。

鰯の後には、烏賊《いか》がやってきた。

伊作は、佐平がなれぬ手つきで烏賊をあげるのを見ることもあった。佐平の父は五年切りの年季であったが、三年切りの伊作の父より低い銀五十匁《もんめ》の値しかつけられなかったという。撫《な》で肩で痩《や》せている佐平の父にはふさわしい額だ、と村の中では噂《うわさ》されていた。父親が去った家の暮しは、佐平の身に負わされている。

釣糸をあやつる佐平の顔には、苦渋の色が浮び、こちらに向ける眼も暗かった。

伊作は、磯で貝や海草を拾う女や子供の中に、民の姿も見出《みいだ》していた。民の姉は七年切りで売られたというが、年季明けには再婚の男にしか嫁げぬ年齢になっている。民は大柄で、年齢を偽れば口入れ屋は奉公先を斡旋《あっせん》するだろう。もしも民が売られてゆくようなことがあった折には、年季が明けて村にもどるまで伊作は嫁をとらずに民の帰るのを待っていたかった。が、嫁は家の労働力で、それまで独り身でいられるはずはなかった。

伊作は、烏賊釣りに専念した。それらは食料にせず、スルメにされる。家々の軒下や周辺の空地には縄に吊された烏賊がひろがり、海上からながめる村がひどくにぎやかなものにみえた。

四月に入って間もなく、夕方、釣具を手に家へもどると、壁に背をもたせた従兄《いとこ》の太吉が膝《ひざ》をかかえて坐っていた。干したスルメを重ねて縄でくくっていた母が、伊作の姿を眼にするとすぐに立ち上り、天秤棒《てんびんぼう》の両端に笊《ざる》をつけて家の外に出た。伊作も、同じように天秤棒をかつぎ、母の後を追って浜におりた。

伊作は、母と舟底の烏賊を笊に移し、天秤棒をかついだ。

「太吉は明日、嫁とりで、今夜は泊る」

母は、浜から家にむかって歩きながら言った。

伊作は、ようやくくらと太吉の婚姻がまとまったのか、と思った。くらは、太吉と同じ十七歳だが、村の女の中で最も体が逞《たくま》しく、背も高い。草鞋《わらじ》も特別大きなものをはき、男にまじって力仕事もする。くらに比べて、太吉はひ弱で小柄だった。釣りは天性器用らしく巧みだが、体力に欠けている。細面で、内股《うちまた》で歩くかれには男の臭《にお》いがしなかった。

太吉とくらの初めの結びつきは、野合わせだという噂《うわさ》がしきりだった。山中で焚木《たきぎ》とりに入って出会った二人は体を重ねたが、それはくらの強い誘いによるものであったらしい。野合わせは好ましくないこととして蔑《さげす》まれているので、くらの側からの求めに応じて、太吉は夜、くらの家に通うようになった。

太吉の父と兄は、漁に出て潮に流され行方知れずになってから久しく、かれは母との二人暮しであった。母親は腰が極度にまがり、その部分の痛みを訴えて臥《ふ》すことも多い。母親が体力のすぐれたくらを嫁にすることを望み、太吉にくらのもとへ忍んでゆくよう執拗《しつよう》にすすめたとも言われている。

婚姻のおこなわれる前夜から、婿《むこ》になる男は家をはなれていなければならない。そして、当日は婿側の親族の若い娘が、迎え女房になって仲人《なこうど》とともに嫁方の家におもむき、タチブルマイの饗応《きょうおう》をうけ、親に伴われた嫁を婿の家に導く。そこで化粧をした嫁が、姑《しゅうとめ》と結び盃《さかずき》を交し、酒宴になって姑が木椀《もくわん》に山盛りしたイッパイ飯を食べさせる。その間、婿は姿をかくしていて、夜おそく家にもどり嫁と体を合わせるのだ。

太吉が泊り先に伊作の家をえらんだのは、伊作の母が遠慮のいらぬ親戚《しんせき》であるからにちがいなかった。

伊作は、母と烏賊を土間にはこびこんだ。母の顔には、漁が多かったことに満足しているらしい機嫌よさそうな表情が浮んでいた。

太吉が壁ぎわから立ってくると、

「叔母よ、なにか手伝うことはないか」

と、言った。

「婿は、なにもせんでいい。嫁の尻《しり》のことでも考えていろ」

母の言葉に、太吉は、口もとをゆるめると再び壁に背をもたせて坐った。

やがて炉にかけられた鍋《なべ》の雑炊が湯気をあげはじめ、伊作たちは太吉と炉をかこんだ。父が年季奉公に去った後、家の中は冷えびえした感じであったが、太吉が加わったことでそれもやわらぎ、弟妹たちは嬉《うれ》しそうに太吉の顔にしきりに眼を向けている。太吉は、なにかを思い出すような眼をして、時折り薄笑いの色を顔に浮べながら雑炊を口にはこんでいた。

食事をした後、母は、土間で烏賊の臓物を庖丁《ほうちょう》でとる仕事をはじめた。

伊作は、炉端で太吉と向い合った。どのようにしてくらと結びつき、体を接してきたかをききたかったが、母からきびしくなじられるような気がして思いとどまった。かれは、やがてはじまるさんま漁のことについて太吉に問うた。昨年の梅雨期に、伊作も舟を出してさんまとりをしたが、魚影が濃いと言われていたのに漁獲はなかった。太吉は、すでに一人前に近い漁をこなし、老母を養っている。そうしたかれが、伊作には羨《うらやま》しかった。

「コツさえおぼえれば、眼を閉じていてもとれる」

太吉は、柔和な表情で言った。

「そのコツがわからないんだ。弟や妹を飢えさせぬためには、さんまを少しでも多くとらねばならない」

太吉は、切なそうな眼をした伊作を見つめると、

「それでは、時期になったらおれの舟に舟を寄せろ。とり方を教えてやる」

と、言った。

「頼むよ」

伊作は、すがりつくような眼をして言った。

家の中には、烏賊の臓物の生臭い臭いがよどみはじめていた。

翌日の夕方近く、母は、太吉の家に立合い親族の一人として出掛けて行った。伊作は、母の代りに烏賊の臓物をとり除く仕事をしてすごした。

母が帰ってきたのは夜もふけてからで、酒を飲んだ顔は、赤くむくんでいた。

「そろそろ嫁の尻にさわりに行ったらどうだ」

母が、炉の近くに坐っている太吉に言った。

太吉はうなずくと、泊らせてもらった礼を述べ、家の外に出て行った。母は、蓆《むしろ》の上に尻をつけて坐った。

伊作は炉ばたに坐っていたが、ふと火の色に映えた母の顔をながめ、その眼に異様

な光が浮んでいるのに気づき、恐れを感じた。どんより濁った眼は、涙ぐんでいるようにうるみ、なにかに怒りをいだいているようにもみえる。かれは、母が父のことと死んだてるのことを考えているにちがいない、と思った。

村人が隣村に魚の干物《ひもの》や塩を売りに行く折には、必ず口入れ屋に立寄ることが義務づけられている。それは、年季奉公に出ている者の消息を知ることができるからであった。死亡したことが知れる時もあれば、病んでいるという話を耳にすることもある。病いを得た者は例外なく死亡しているのが常で、家族の者は無駄とは知りながらも平《へい》癒《ゆ》を祈る。伊作の父についての消息はなく、病むこともなく奉公先で働いていることは確実だった。

伊作は、炉ばたをはなれると莚の中にもぐりこみ、眼を薄く開けて母の横顔をうかがっていた。

山肌が、緑につつまれるようになった。風が東の方向から渡ってくることが多くなり、強く吹きつける日は稀《まれ》になった。

蠅《はえ》が旺盛《おうせい》な繁殖力をしめしはじめ、干された烏賊にたかる。夕方になると、蚊の羽音が耳もとをかすめるようにもなった。

時折り荷を積んだ船が過ぎたが、村人は眼を向けてもすぐに視線をそらせて自分の仕事をつづける。船は、おだやかな海を悠長な動きで遠ざかっていった。

烏賊の漁獲がへりはじめ、干される烏賊も少くなった。家々には、縄でくくられたスルメが積み上げられていた。

五月中旬、早朝にスルメをかついだ者が路上に出て、他の家の者と連れ立って山路をのぼってゆくようになった。

伊作の家でも、母が二度、スルメを背負って隣村にはこんだ。母が持帰った穀物はわずかな量であったが、表情は明るかった。母は口入れ屋に立寄ったが、父の消息はなく、それは父が健在であることをしめしていた。伊作も安堵《あんど》したが、母の口から二カ月前に年季奉公に売られたばかりの民の姉が、早くも病んでいるという話をきいた。

「口入れ屋は、ひどいものをつかんだと言って腹を立てていた。口入れ代金をふんだんにとっているくせに……」

母は、吐き捨てるような口調で言った。

身売りした者が死亡すれば、口入れ屋は斡旋先に不適当な者を送りこんだという理由で幾分かの弁償をしなければならない。そのため口入れ屋は健康な体をした者を選び、さらに死亡した時の損失を考慮して、家族に支払われる身売り代金よりかなり多額の金額を斡旋先からとっている。伊作の村は、口入れ屋にとって年季奉公する者の恰好《かっこう》な供給源の一つになっているようだった。

民の家にもそのことがつたえられたはずだが、家族の者はそれをどのようにうけとめているだろうか、と伊作は思った。むろん、かれらは嘆き悲しんでいるにちがいないが、別の感情もいだいているように思えた。家族は、身売り代金を前渡しで受け取っているし、民の姉が家をはなれたことで一人分の口減らしにもなっている。それに、民の姉が年季明けで村にもどってきても、年齢の点で良縁にめぐまれるはずもない。そうしたことから、家族の者たちは、民の姉が死を意味する病いを得たという話を、不幸とは言いがたいこととしているのかも知れなかった。

母は、持帰った穀物を甕《かめ》に入れながら、

「父ちゃんは死ぬはずがない。そんな人じゃないさ」

と、自分に言いきかせるようにつぶやいていた。

母が二度目に隣村へスルメをはこんでもどった翌日の夕方、浜に舟をあげた伊作は、傍で舟から櫓《ろ》をはずしている村の男が、

「虹《にじ》だ」

という声を耳にして、顔をあげた。

岬の上から沖にかけて、薄い虹がかかっている。その年初めての虹であった。

「そろそろさんまがくる」

男は、はずんだ声で言うと、櫓をかついで浜からあがっていった。

虹の色は徐々に濃くなり、夕空が華やいだ。夕方の虹は好ましい前兆で、殊《こと》に初夏の虹はさんまの豊漁を意味する。

しかし、伊作は、虹を眼にしながら不安になった。自分には、さんまをとる腕はなく、もしも前年と同じように漁獲が少ければ、家族の者は空腹を強いられる。さんま漁は、村人たちが最も期待を寄せる漁で、体に滋養をあたえてくれるさんまを貯蔵することができるかどうかは、その年の家族の生死にもつながる。従兄の太吉は、さんま漁のコツを教えてくれると言ったが、婚姻の日の前で浮き立った気持からそのようなことを口にしたのかも知れなかった。

太吉とは時折り浜で顔を合わせ、海上で遠く漁をするかれの姿を眼にすることもあった。嫁をとったことがどのような影響を太吉にあたえたのか、かれの眼には自信に似た色が浮び出るようになっていた。小柄な体つきをしていながら、伊作には年少者に対する見下すような視線を向け尊大な感じすらする。人なつっこい眼をしていた太

吉の変り方に、伊作はかれがさんま漁の仕方を教えてくれそうには思えなくなってい
た。
太吉以上にくらの変化は、村人の眼をひいていた。くらは、太吉が漁からもどると
すぐに浜にくる。くらは、太吉の前で別人のようにしおらしく、太吉の命ずるままに
動く。さすがに体力はあって、漁獲物を入れた大きな桶を軽々と肩にかついで小走り
に家にはこぶ。太吉は、ほとんど手ぶらで、漁具類もくらに持たせて浜からあがって
ゆき、その後からくらはついてゆく。
くらは太吉に腰の芯《しん》をぬかれた、と、村人たちはみだらな笑いを眼に浮べながら言
い合っていた。
時化《しけ》の日、伊作は、背当てに鉈《なた》と縄をくくりつけ、布の原料にするシナの樹皮を採
取するため山に入った。シナの密生する地域には蛇が多いので、股引《ももひき》の上に脛当《すねあ》てを
重ねていた。
雨はわずかな降りであったが、風が強い。菅笠《すげがさ》が飛ばされぬように、ふちをおさえ
て濡《ぬ》れた山路《やまみち》をたどった。
半刻《はんとき》ほどして、樹林に足をふみ入れた。梢《こずえ》の枝が激しく揺れているが、林の中は風
が吹くこともなく、樹皮の湿った匂《にお》いがただよっていた。

シナの若木の傍で足をとめ、背当てから鉈と縄をおろした。父に連れられてシナの皮を採りに二度行ったが、父がしたように樹《き》の根に近い個所に鉈の刃をたたきこんだ。若木の傍の樹から落した枝をへらのようにけずり、先端をその部分にさしこんだ。若木の樹皮が浮き、それをつかんで引いた。樹皮は上方にむかってはがれていった。かれは、若木から若木へ皮をはぎながら移動した。まばらに落ちてくる雨粒が、音を立てて笠に当る。シナの幹を流れ落ちる雨水が、かすかに光っていた。

空腹をおぼえ、竹皮の包みをひらいて、立ったまま黍《きび》で作った大きな団子を口にした。昨年はシナの皮採りをしなかったが、今年は母に布作りをさせることができる。はがした樹皮をながめまわしながら、家長になったような大人びた気分になった。

かれは再び仕事をつづけ、やがて土の上に置かれた樹皮を拾い集め、折り曲げて縄でくくり、背当てに縛りつけ、背負った。かなりの重さで、七、八貫はありそうだった。

杖《つえ》をつき、足をふみしめながら樹幹の間を縫うようにして林を出た。雨が激しくなっていて、笠や肩にしぶきがあがる。荷が風に押され、体がゆらいだ。杖で体を支えながら山路を下り、風圧に堪えるためしばしば足をとめた。

荒れた海が、下方にみえてきた。体は、しみこんだ雨水と汗で濡れていた。

その夜から、母は樹皮の処理をはじめた。庖丁で上皮をそぎ落し、内皮を床に並べる。伊作は、土間で漁具の手入れをしながら、母が仕事を楽しんでいる気配をうかがっていた。

翌日、母は内皮を家の傍の小川に漬けた。上皮は、焚《た》きつけに使うため束ねられて土間の隅に積み上げられていた。

五日後に内皮を川からあげ、灰をまぜた水のみたされている釜《かま》で煮た。それを再び川に漬けて入念にすすぎ、陰干しにした後、こまかくさいて糸にした。

母は糸を糸車で巻き、織機《おりはた》の前に坐《すわ》って布を織るようになった。疲れるらしく、脂《やに》のにじみ出た眼を、時折りこすっていた。

梅雨の季節がやってきて、村は雨で煙るようになった。烏賊《いか》が姿を消し、鉤《はり》に小魚がかかるだけであった。

夕方、浜にもどってきた老漁師が、さんまが来はじめている、と言った。

伊作は、落着きを失った。父はさんま漁が巧みであったが、かれにはほとんど未知の漁法であった。昨年の梅雨期には、父の漁の仕方を思い起しながら漁をしてみたが、漁獲は全くなかった。他の家々ではさんまを焼く煙が連日流れ、塩漬けにして樽《たる》に詰める情景もみられたが、伊作の家族は傍観していなければならなかった。今年こそは、少量ではあってもさんまを家に運び入れなければならぬ、と思った。

さんま漁は村の最大の漁なので、漁師たちは出来るだけ多くの漁獲を得ようとつとめ、他の者に漁法を教えるゆとりなどない。昨年の漁期には、伊作の家族に同情した者たちがさんまを数尾ずつ持ってきてくれたりしたが、他人の憐《あわ》れみにすがらねばならぬ立場に身を置きたくはなかった。

頼りになるのは、従兄の太吉だけであったが、所帯をもったかれが、自分に漁の仕方を教えてくれるかどうかは疑わしい。それに、ひとり身であった頃とは異って、太吉の態度が変ったことも気がかりであった。しかし、伊作は家族を飢えにさらすわけにはゆかず、その夜、夕食を匆々《そうそう》にすますと、星明りの道を太吉の家に急いだ。

今晩は、と声をかけ、垂れ蓆《むしろ》の間から身を入れると、土間に腰をおろしていた太吉がこちらに顔を向けた。傍に妻のくらが膝《ひざ》をついて仕事を手伝っていた。土間には数枚の厚い蓆がひろげられ、太い縄も置かれている。伊作は、太吉が漁具の仕度をはじめているのを知り、太吉に近づいた。

「さんま漁の手ほどきをしてくれると言ったが、教えて欲しい。家の者が飢えてしまう。口にしたことを忘れてもらっては困る」

伊作は、太吉を見つめた。

太吉は薄笑いの表情を顔に浮べると、

「忘れてはいないさ。今にやってくると思っていた」

と、言った。

伊作は、安堵《あんど》を感じ、傍に坐ると太吉の手の動きに視線を据えた。

さんま漁は、三、四枚つなぎ合わせた厚い蓆に太い縄をつけて、艫《とも》から二十間ほど後方の海面に流す。また、舟ばたにも海草を水中に垂らした蓆を浮べる。漁師は、碇《いかり》をおろして舟を停止させると、さんまに気づかれぬように舟底に身を横たえる。やがて、流した蓆の下にさんまの群れが入ったことを知ると、おもむろに縄を引いて蓆を引き寄せる。さんまは蓆とともに移動してきて、舟べりにとりつけられた蓆の下にも入る。浮んだ蓆と垂れた海草がさんまを興奮させるらしく、にわかに産卵の動きをしめす。漁師は、舟べりに浮べた蓆の所々にうがたれている穴から静かに手を突き入れ、指を動かす。それに誘われるようにさんまが指の間にすり寄ってくるのを、手づかみにするのだ。

そうした漁のやり方は一応知っているが、伊作はさんまをつかんだことが一度もなかった。指の間にさんまが入ってきて指にふれることはあったが、逃げてしまう。それに、他の舟とは異って、自分の舟にさんまが集ってくることは稀《まれ》であった。土間には艫から流す蓆がすでに出来上っていて、太吉は、舟べりに浮べる蓆の穴をうがつ仕事にとりかかっていた。

「あの時、おれの舟にお前の舟を寄せて見物しろ、と言ったが、それだけは断わる。さんまに逃げられてしまうからな。その代り、なんでもわからないことはきけ。教えてやる」

太吉は、手を動かしながら言った。

やはりそうか、と伊作は思った。さんま漁の時期になると漁師たちは神経質になり、舟が一定の間隔をとらず近寄ると、激しい怒声を浴びせかけてくる。さんま漁は微妙な勘を必要とし、些細《ささい》なことが原因で漁獲から見放される。太吉が、舟を寄せてくることをこばんだのも無理はなかった。

「さんまのつかみ方を教えてくれ。いつも逃げられる」

伊作は、太吉の横顔に視線を据えた。

太吉は仕事の手をとめると、片方の手の指をゆっくりと動かし、不意ににぎりしめた。

「さんまの頭が指の間に来た時、つかむ。頭以外のところをつかむから逃げられる」

「頭か」

伊作は、自分でも指を開いて動かしてみた。

「一度つかみそこなうと、さんまは寄ってこなくなる。それに、つかむ時、決して爪《つめ》を立てるな。さんまの血が少しでも流れると、散ってしまう」

太吉は、再び仕事をはじめた。

伊作は、うなずいた。

「もう一つききたい。さんまがおれの舟には近寄ってこないが、なぜだ」

太吉が、顔をあげた。

「お前の影が水面に映るからだ。体を舟べりの内側に置き、手を出すだけにしろ。さんまは人影を恐れる」

それは伊作も知っていたが、まだ不十分なのかも知れぬ、と思った。

太吉は、視線を莚に落した。その横顔をながめながら、十七歳の太吉がすでに一人前の漁師になっていることを感じた。母を養い、さらにくらの夫になったかれは、戸主としての責任感も強いのだろう。伊作は、あらためて太吉を見直す思いであった。

早く家に帰って漁具作りに手をつけたかった。かれは太吉とくらに礼を言い、家の外に出た。

その夜、家にもどった伊作は漁具作りをはじめ、翌日も朝早くから仕事をつづけた。漁具が出来上ったのは、午《うま》の刻《こく》（正午頃）近くであった。

小雨の中を、かれは母とともに漁具を浜にはこび、舟に積みこんだ。漁は日没近くが最もよいとされていて、海に舟は出ていなかった。

昼食をとって浜に行くと、漁師たちが集っていた。さんまは、西の方から回游《かいゆう》してくるので、左方に突き出た岬の先端附近で漁をする。浜から一里ほどの距離であった。

舟がつぎつぎに浜をはなれ、伊作も鉢巻をし、舟をおろした。櫓をつかみ、岩礁《がんしょう》を避けながら舟を進めた。海は凪《な》ぎ、岬に寄せる波の白さがかすかにみえるだけであった。村の家並が遠ざかり、後方につらなる山なみがひろがった。雨はやんでいたが、山肌は霧にかすんでいた。

伊作は力をこめて櫓をこいでいたが、他の舟がつぎつぎに追い越してゆく。後方にみえるのは佐平の舟だけであった。

岬に近づくと外洋の影響で舟が揺れはじめた。先行した舟は早くも漁にかかっていた。

伊作は、櫓をあげて碇を投げ、艫から蓆を海面におろした。蓆は波のうねりに上下しながらはなれてゆき、縄が張りつめた。舟べりにも蓆を浮べ、太吉の注意を思い起しながら舟底に身を伏し、流した蓆の方を見つめた。蓆の下にさんまが入りこむのに気づいたら、縄をおもむろに引いて蓆を舟に近寄せろ、と、太吉は言ったが、魚影らしきものは見えない。すでに、他の舟では体を伏したまま縄を手繰《たぐ》っている者もいる。

かれは、蓆の方をうかがっていたが、これといった変化もみられない。もしかすると、蓆の下にはすでにさんまがむらがっているのかも知れなかった。縄をつかむと、ひいた。蓆がゆっくりと近づいてくる。かなりの重さであった。

蓆が舟につき、縄を艫につなぎとめた。舟べりに浮ぶ蓆に手をのばし、蓆の穴から海水に突き入れ、指を開いて静かに動かした。舟べりから蓆の下に眼をこらした。銀色に光ったものが、早い速度でかすめ過ぎるのがみえた。さんまが来ている、とかれは思った。

銀色に光ったものが次第に増し、乱れ合うようになった。一瞬、停止しているものもある。指にさんまの体がふれ、すぐにはなれた。最初の一尾をつかみそこねると、さんまの群れが散る、と言った太吉の言葉がよみがえり、頭をつかまねばならぬ、と自分に言いきかせた。指の間をしきりにさんまがかすめ過ぎるようになった。頭部もはっきり見える。今だ、と思ったことが何度もあったが、かれの指は動かなかった。

かれは、さんまの頭部が指の間を通過するのを眼にして素早く指を閉じた。が、さんまは体をしなわせてぬけ出ていた。たちまちさんまは散ってしまったらしく、銀色の光が消えた。

手を海水からあげ、顔を荒々しくこすった。容易ではない漁法であることをあらためて感じた。と同時に、さんまを手づかみにすることが、すぐに出来るはずはないのだ、とも思った。昨年は蓆の下にさんまがくることさえほとんどなかったのに、指の周辺をさんまが群がっただけでも上出来だ、と自らを慰めた。

海上に眼を向けると、しばしばさんまをつかみ、舟底に落している漁師たちの姿がみえる。小雨が降りはじめていた。

かれは、再び縄をのばして蓆を流した。そして、頃合いを見はからって縄を手繰ったが、蓆の下にさんまの姿はなかった。

しばらくすると海上が薄暗くなり、舟が引返しはじめた。伊作も蓆を引き上げ、櫓をつかんで、かれらの後を追った。先行する舟にならって岩礁の間をすりぬけ、浜で焚かれた火を目標に進んだ。すでに暮色は濃く、焚火の近くに立つ人の姿が赤々とみえた。

舟を波打ちぎわにつけ、近づいてきた母と浜に引き上げた。舟底に視線を走らせた母は、黙ったままだった。

その夜、かれは太吉を訪れた。家の中には、さんまを焼いた煙と匂いが残っていた。

「一尾もとれなかった」

伊作が床の端に腰をおろして息をつくように言うと、炉ばたに坐っていた太吉が、かすかに笑った。

「流した蓆の下にさんまが入ったかどうかは、どうしてわかる」

伊作は、たずねた。

太吉は、答えた。

「勘だ、長い間の……。海の色がわずかに変る。水が動きもする」

伊作は、口をつぐんだ。

太吉が、串焼きにしたさんまを手にして立ってくると、

「食え」

と、言った。

伊作は頭を激しく振って立ち上ると、無言で家の外に出た。

時化《しけ》の日をのぞいて、かれは漁師たちと舟を出した。さんまの回游は本格的になり、漁獲量は日を追って増していた。佐平も父に教えこまれていたらしく、必ずと言って

いいほど十数尾のさんまをあげていた。他の漁師の舟は、いずれも舟底がさんまでおおわれていた。

伊作は、一尾もとれず浜にもどることが恥しかった。母は漁については一切口にせず、薄めた雑炊を作って弟と妹に食べさせていた。かれは、さんまをかれらに食べさせられぬことが苦痛だった。

漁がはじまってから半月ほどたった頃、流した蓆の近くの海面にかすかな水しぶきがあがるのを眼にした。なんとなく海の色も、その部分だけがちがっているように感じられた。錯覚か、と思った。海面はゆるやかに上下しているだけで、変化はみられない。魚影が自分に確かめられるはずはなかった。

かれは、縄をつかむとおもむろに引きはじめた。さんまがいなくても、もともとだ、と思った。蓆が近づき、舟べりに浮んだ蓆と並んだ。縄をつなぎとめ、ひそかに舟べりの蓆の下をのぞきこんだ。

銀色のものが走り、乱れ合っているのがみえる。体が、熱くなった。錯覚ではなく、二十間はなれた海面に魚影を見出《みいだ》すことができたのだ。他の漁師たちには容易なことにちがいないのだろうが、伊作には初めての経験だった。

かれは、手をのばすと蓆の間から徐々に海水の中に入れ、指を開いてひらめかすように動かしはじめた。さんまが近づき、体をふれさせてかすめ過ぎる。蓆の下には、かなりの数のさんまが群れていた。脂《あぶら》ののったさんまで、体の形も色も美しい。小さな眼が光っていた。指の間をさんまがしばしば通るようになった。

かれは、一尾のさんまが指の間で停止するのをみた。指を勢いよく閉じ、頭部をつかんだ。手をひき上げた。体をはねさせたさんまが、西日を浴びて光った。眼に、涙があふれた。炉ばたで雑炊をすする弟や妹にさんまを食べさせられると思うと、喜びが体にみちた。

かれは、さんまを舟底に置くと再び蓆の穴に手をつき入れた。

その夜、母は一尾のさんまを四等分し、串にさして炉の火にかざした。かすかに煙が立ちのぼり、にじみ出た脂が火に落ちる度に炎があがる。弟と妹は、眼をかがやかせてさんまを見つめていた。

母が頭の部分を突き刺した串をかれに渡し、他の三本を弟妹と分けた。伊作は、頭を渡してくれた母が自分を家の働き手として認めてくれているのを感じた。

熱いさんまは、うまかった。肉を食べつくし骨をしゃぶっている弟や妹の姿に、今後も必ずさんまを家に持ち帰らねばならぬ、と思った。

例年になくさんまは豊漁で、日増しに蓆の下で群がり乱れる数が増した。漁をする半刻《はんとき》ほどの間、漁師たちは絶えずさんまをつかむ。百尾以上のさんまを舟底におさめて帰る舟が大半だった。

伊作も、ようやくコツらしいものをおぼえ、日に数尾のさんまをつかむことができるようになった。時には十尾近く持ち帰る日もあった。母は一人に一尾を限度にして、他のさんまは貯蔵用の塩漬けにした。

或《あ》る夜、雷鳴がとどろき土砂降りの雨があって、梅雨が明けた。陽光が強くなり、伊作の顔も手足も日焼けした。女たちは、若布《わかめ》採りに専念していた。

暑熱が増し、時折り驟雨《しゅうう》が村をつつんだ。さんまは北へ移動しはじめたらしく、魚影が急に薄れ、七月に入ると消えた。烏賊《いか》が再び姿をみせ、漁師たちは小魚の肉片を餌《えさ》にして釣ることにつとめていた。

村の女たちは、塩漬けにしたさんまを背負って隣村に出掛けていった。家々の貯蔵量は十分で、さんまを穀物に換えようとしたのだ。が、沿岸一帯は伊作の村と同じように漁獲量が多く、さんまの半ば以上は肥料用にまわされていて、もどってきた者はわずかな量の農作物しか手にしていなかった。むろん伊作の家では塩漬けにしたさんまの量もわずかで、隣村におもむくことはなかった。

隣村からもどってきた者の口から、その夏、村々に熱病が流行し死ぬ者が多いという話がつたえられた。伊作の村は、他の村々と遠くはなれているため流行《はや》り病いにおかされる者はいない。死亡するのは、幼い者をのぞくと、老人や頭、心臓をおかされた者が大半だった。

村おさは、流行り病いが村内に持ちこまれることを恐れて村外に出ることを禁じ、隣村から帰ってきた者たちには、半月間、早朝に海水で沐浴《もくよく》することを怠らぬよう命じた。

盂蘭盆《うらぼん》がやってきて、漁は中止された。

村人たちは、家族と連れ立って山路《やまみち》をたどり、墓を洗い清め、家にもどると仏壇に穀粒や魚の干物《ひもの》を供えた。夕刻になると、家々では戸口に苧殻《おがら》が焚《た》かれ、浜の砂地に松明《たいまつ》が突き立てられた。海の彼方《かなた》に去った死人の霊を迎え入れるためで、霊は暗夜を松明の火をたよりに浜に上り、さらに苧殻の火でそれぞれの家に向うと言われている。霊は足を洗って家に入ると言われ、それに備えて家の土間に清水を張った盥《たらい》が置かれていた。

母は、その年の二月に病死したてるの初盆《はつぼん》なので、切ってきた細竹に白布をむすびつけて戸口に立てた。子を失った悲しみがあらためてよみがえるらしく、長い間竹の傍に立っていた。

三日後の夕方、樹皮や竹で作った精霊舟《しょうりょうぶね》が浜に運ばれ、幼い子供たちが、

「送り舟が出るぞお」

と叫びながら、村内を走りまわった。

伊作は、布のついた細竹をつかんだ母の後から、仏壇の供物《くもつ》を手にして浜に向った。波打ちぎわに精霊舟が浮べられ、伊作は村人たちと供物を舟にのせ、母は竹を突き立てた。

村おさの指示で、舟が漁師の操る二艘《そう》の舟に曳《ひ》かれて岸をはなれ、二十間ほどの位置で停り、曳縄がとかれた。漁師の手にした松明の火が投げこまれ、舟が燃えはじめた。舟は、炎につつまれながら沖にむかってゆっくりと流れてゆく。竹が布とともに焼け落ちるのが見えた。霊は、舟を焼く火をたよりに海の彼方へもどってゆく。

海面が夕闇《ゆうやみ》にとざされ、火は次第に遠ざかって、やがて消えた。伊作は、母とともに長い間浜に立って沖の方向を見つめていた。


好天の日がつづき、水平線に入道雲がつらなった。空がにわかに暗くなって、激しい雨がひとしきり降ることもあった。

母は、近くの家の女たちと山中に入って山菜採りをしたり、磯で貝や海草を拾ったりして日を過していた。

伊作は、母が時折り身じろぎもせずうつろな眼をしているのに気づいていた。その表情をみるたびに、夜、母の上におおいかぶさった父が、暗闇の中で体を上下させていた情景を思い起した。父は無言であったが、母の口からは押し殺したような声がもれていた。苦痛に堪えきれぬ呻《うめ》きに似ていたが、伊作は、それが激しい愉悦によるものであることを知っていた。

父が年季奉公に出てからすでに一年半が経過していた。母は女としての歓《よろこ》びを得ることなく過してきているが、放心した表情をしているのは、父に抱かれた折のことを反芻《はんすう》しているからにちがいなかった。母は、父の衣類にする布を織っていたが、機《はた》をとめて布を無言でさすったりしていた。

暑熱がやわらぎ、夜になると涼気を感じることも多くなった。秋口が近づいた頃には長雨の降ることがあるが、その年も雨の日がつづいた。

一カ月ほどたつと、海の色が澄み、雲一つない青空がひろがるようになった。海はおだやかで、烏賊の餌食いも上乗だった。

二人の漁師が、隣村にスルメをかついで出掛けて行った。鉤《かぎ》やヤスなどの漁具と交換するためであった。五日後にもどったかれらは、口入れ屋で村から年季奉公に売られた者たちの消息を得てきた。伊作の父についての話はなかったが、民の姉の死がつたえられた。すでに一カ月半前に死亡していて、奉公先の地で火葬にされたという。

翌日、漁は中止され、伊作は村人たちと民の家に行った。遺体の代りに民の姉が使っていた椀《わん》と箸《はし》が棺におさめられ、村の老女たちが経をあげていた。

葬列が組まれ、伊作は、薪《まき》の束を背負って従った。棺の後には、民の家族がつづいていた。山路をたどり、樹林の中の焼場で棺がおろされた。

火が起り、棺が炎につつまれた。遺体はなくても霊は棺の中にあって、煙とともに海の彼方へ去ってゆく。読経《どきょう》の声が高まり、伊作も手を合わせた。民が、突然泣き声をあげた。後に束ねた髪が風に吹かれ、ほつれ毛が乱れている。伊作は、肩を波打たせている民の後姿を見つめていた。その日をふくめて三日間、村人は喪に服して家にこもった。

女たちは、せまい段々畑にのぼっていって稗《ひえ》などの穀類を袋におさめて家にはこぶようになった。砂礫《されき》の多い土は痩《や》せていて、収穫は乏しい。母も畠《はたけ》に行ってわずかばかりの穀物を取り入れ、家に運んで甕《かめ》の中におさめた。

磯で、尾花蛸《おばなだこ》がかかりはじめた。茅《かや》の尾花が穂をのばしかけた頃から姿をみせるのが常だが、例年よりも磯に寄せてくるのが早かった。かれは、岩礁《がんしょう》のひろがる海面に舟を出して蛸採りに専念した。櫓《ろ》の動きをとめ、赤い布をむすびつけた竿《さお》を海中にさし入れ、岩のくぼみや海草の繁茂するあたりに近づける。ゆらぐ赤い布を餌と錯覚して姿をあらわす蛸を素早く鉤にかけた。家々の周辺には、干された蛸が陽光を浴びてつらなっていた。

秋風が立ち、尾花の穂がのびた頃になると、蛸の数がめっきり少くなった。赤い布をひるがえしても姿をみせない。それでも、稀《まれ》に布に近づいてくる蛸を眼にすると、のがすことなく鉤にかけた。昨年の秋よりも蛸採りが巧みになったように思えた。

かれは、海中に突き入れた竿を動かしながらさんま漁のことを思い起していた。出漁する者の中で最も漁獲は少かったが、漁をはじめてから二年目で、ともかくさんまをつかむことができるようになったのは嬉《うれ》しかった。年々、漁を繰返せば、やがては一人前の漁師になれるにちがいないという自信もいだきはじめていた。

漁師たちは、尾花蛸の漁獲がわずかであることに狼狽《ろうばい》していた。蛸は干物にされて、隣接の村の商人に売られ、それは正月に欠かせぬ食物として歳末に山間部の村々に売りさばかれる。村人たちは、蛸の代価として穀物を譲られ、村に運ぶ。いわば、蛸は越冬に必要な食物を入手するのに必要な漁獲物で、それが少いことは村の食料事情に深刻な影響をあたえる。漁師たちの顔には憂色が濃かった。

母は、弟や妹を連れて山林に入り、枯木や枝を家に運ぶことを繰返していた。冬にそなえて、伊作は母と薪割りをし、土間の隅に積み上げていた。

伊作は、漁の手をとめて遠い峯《みね》の頂きに眼を向けることが多くなった。蛸漁は一年の最後の漁で、冬を迎えればお船様の到来する時期になる。訪れがあるかどうかは疑わしいが、実現すれば村に大きな恵みをあたえてくれる。尾花蛸の不漁に沈滞している村の空気も、たちまち明るいものに一変するのだ。

或る朝、舟を海に出したかれは、遠い峯の頂きに、かすかな変化が起っていることに気づいた。山々は緑と岩肌の色におおわれているが、頂きの部分の緑が他の峯々の色とは幾分異っている。それは、紅葉がはじまるきざしにちがいなかった。

夕刻、家にもどった伊作は、

「山が赤くなりそうだ」

と、母に言った。

薪割りをしていた母は、伊作に顔も向けず黙っていた。すでに母も峯の変化に気づいているのか、それともたとえ冬がやってきてもお船様の訪れなど期待できぬと半ば諦《あきら》めているのか、かれにはいずれとも察することはできなかった。

半月ほどたった頃、峯の頂きが、朱の色に染まりはじめ、日増しに色も濃くなって やがて他の峯々にもひろがっていった。澄んだ空には鰯雲《いわしぐも》が浮び、海水は冷えた。

紅葉が、山火事のように近づき、裏山を朱に染め、村をおおった。尾花蛸は、すでに磯から離れたらしく姿を消していた。

お船様の訪れを願う行事の孕《はら》み女に指名されたのは、太吉の妻のくらであった。腹部がふくらみはじめたのは尾花蛸が磯に寄ってきた頃からで、大柄な体であるだけに目立ち、村おさはためらうことなくくらを名指ししたのだ。

その日、浜に村人たちが集った。くらは、櫛《くし》を入れた髪を後で束ね、神妙な表情をして太吉の舟に乗った。小柄な太吉とは対照的に、ひときわ体が大きくみえた。

太吉は、櫓を操って舟を進めてゆく。岩礁のある個所には海水が泡立ち、それを避けて舟は進み、やがて動きをとめた。くらが立ち上り、手にした注連縄《しめなわ》を海に投げた。

伊作たちは合掌し、舟は舳《みよし》を浜にもどした。

伊作たちは、くらの後から村おさの家に行った。

村おさは部屋に正坐《せいざ》し、くらを迎え入れた。くらは、村おさの前に手をつき頭を深くさげた。そして、立ち上ると、村おさの前に置かれた箱膳《はこぜん》を蹴《け》った。膳は、壁の近くまで飛び、椀の中の食物が散った。前年に眼にした女の動きより、はるかに力強く、土間に集る男たちの間から感嘆の声がもれた。

くらは、裾《すそ》を合わせると再び村おさに頭をさげ、太吉にともなわれて自分の家の方にもどっていった。

その夜、伊作は母の代りに太吉の家へ招かれた。くらがお船様の行事の孕み女に選ばれたのは慶事で、産れてくる子は逞《たくま》しく育つと言われている。くらの実家の父親も姿をみせていた。粟《あわ》で作った酒が出され、団子汁が椀にすくわれた。太吉の母は、炉端で背を丸めて坐《すわ》っていた。

「あんたの女房が勢いよく膳をくつがえして壁まで飛んだので、お船様が来そうな気がする、と村人たちは言っている」

伊作は、椀に入れられた酒を少し口にふくみながら言った。くつがえされた膳のように船が顚覆《てんぷく》してくれればよいのに、と思った。

「来てくれればいいが……」

太吉が、つぶやくように言った。

くらの父は、黙って酒を飲んでいる。くらが、太吉の母の椀に白湯《さゆ》をそそいだ。

太吉が、酔いに赤らんだ顔をゆがめると、

「お船様が来てくれないと困る。子供が産まれれば、それだけ口もふえる。飢えからのがれるために、おれも、お前の父親と同じように年季奉公に身を売らなければならなくなるかも知れない」

と言って、伊作に暗い眼を向けた。

伊作は、太吉の言葉に顔をこわばらせたが、予想されることだ、と思った。老母、くらとやがて産まれる子供の三人の生活が、太吉一人の背にのしかかってくる。さんまは売れず尾花蛸は不漁で、隣村から穀物を得ることができなかった太吉の家族は、飢えにさらされるおそれが多分にある。

事情は伊作の家でも同じで、父はすぐれた漁師であったのに、漁が不振のため身を売らねばならなかった。海で得られる魚介類には限度があり、しかも年によって漁獲量に増減がある。お船様の到来がなければ、身を売らねばならぬ者が続出するだろう。

「くらの奴《やつ》は、子供が乳を欲しがらぬようになったら、自分が身を売ると言いやがった。殴りつけてやった。くらなら体も大きく、身売りの銀も多くもらえるだろうが、女房だけは売りたくない。おれが身を売る」

太吉の眼に、光るものが湧《わ》いた。

くらの父は、口をつぐんだまま炉の火を見つめていた。

伊作は、くらがすすめてくれた雑炊をすすると、家族の者に挨拶《あいさつ》をして外に出た。

酔いで体がふらつき、眼の前がかすんだ。夜道をたどるうちに、涙が流れ出た。家族を残して身売りをした父の気持が思われた。別れぎわに子供たちを飢えさせるな、と父は言ったが、幼い妹のてるは死んだ。父は、家族の生死を、自分のような頼り甲《が》斐《い》もない者にゆだねていったが、おそらく家族の死も十分に予想していたにちがいない。母は、伊作たちに少しでも多く食物を口にさせようとし、雑炊の具をすくっては椀に入れ、自分は汁をすする。母も父の気持を察し、子供たちを死にさらすまいとしているのだ。

海から吹きつける風で、体がよろめく。波の音が体をつつみこんでいた。

お船様の訪れは、幼時のおぼろげな記憶として残っているだけだが、その折の妙に華やいだ空気を思い起すと、村人を狂喜させるような金品を村にあたえてくれるらしい。

かれは、星明りにかすかな輪郭を浮び上らせている家への道をたどっていった。

5

遠い峯々《みねみね》を彩《いろど》っていた紅葉の色が褪《さ》めはじめ、気温が日を追うて低下していった。

海が凪《な》いだ日、朝食を終えて土間におりた伊作は、

「今日から磯吉を海に連れてゆけ」

と、母から言われた。

かれは、炉ばたに坐《すわ》ってこちらに眼を向けている弟の顔を見つめた。海に連れてゆけとは、櫓《ろ》の扱いや漁の仕方を教えろという意味である。裏山から枯枝の束を背負って家に運びこむことなどもするようになったとは言え、体の小さい磯吉に漁師としての仕事を教えこむのは酷に思えた。

「磯吉、なにをぼんやり坐っている」

母が、弟の頬を強くたたいた。

磯吉は、頬に手をあてたまま立ち上ると、急いで土間におりてきた。

伊作は、土間の隅に立てかけてある櫓をかついで家の外に出た。母と磯吉が、伊作

の後から漁具を手に歩いてくる。夜明けの気配が残っている空には雲もなく、その日は晩秋らしい澄んだ日になりそうだった。

かれは、浜の方向に歩きながら、磯吉を海に出すのは不自然ではない、と思った。かれが父にはじめて舟に乗せられたのは七歳の年の春で、磯吉も正月を迎えればその折の自分の年齢になる。父は家をはなれているし、母は少しでも早く磯吉に海の仕事になれさせ、伊作の手助けをさせようと思っているにちがいなかった。父が去ってから一人で漁をしてきた伊作は、足手まといにしかならぬだろうが、弟と舟の上で過せることが楽しく思えた。と同時に、自分が仕事を教える立場になったことに誇らしさも感じた。

浜におりると、舟をおろした。磯吉は、足をふんばって舟を押した。櫓をつけ、舟を岸からはなした。母は、少しの間浜に立ってこちらを見つめていたが、背を向けると小走りに家の方へもどっていった。

磯吉は舟底にあぐらをかいて坐っていた。眼を輝かせ、口もとをゆるめている。海に出て漁の見習いができるようになったことが、嬉《うれ》しくてならぬようであった。

「こっちへこい」

伊作は声をかけ、近寄ってきた磯吉に櫓をつかませた。そして、その上に手をそえると櫓を動かした。

「櫓は手でこぐものではない。腰でこぐ」

かれは、磯吉の足の位置を直し、腰をたたいたりした。

海水の泡立つ岩礁《がんしょう》が近づくと、磯吉の手を櫓からはなさせ、舟を操る。

「舳《みよし》をまわす時の漕《こ》ぎ方を知らぬと、岩に突き当る。わき見せず漕ぎ方をよく見ておけ」

伊作の言葉に、磯吉は神妙な表情でうなずいた。

かれは、舟をとめると碇《いかり》をおろし、鉤《はり》に餌《えさ》をつけて糸を垂れた。釣れるのは小魚ばかりだが、干したものを冬期の保存食にする。糸をつかむ指に反応があるたびに、呼吸をはかって手繰《たぐ》る。魚をのがすことはほとんどなかった。磯吉は、舟底ではねている小魚に手をふれさせたりつかんだりしていた。

伊作は、舟を岩礁から岩礁へ移動させた。その間、櫓を磯吉ににぎらせ、手を添えて漕いだ。

その日から、かれは磯吉と海の上で過すようになった。磯吉は、櫓を動かす以外は釣りをする伊作をながめているだけであったが、それでもかなり疲れるらしく、夕食をとるとすぐに居眠りをはじめ、藁《わら》の中に身を横たえた。

樹葉が枯れはじめ、裏山から舞い上る落葉が村に舞い落ちるようになった。海も冬の様相をしめし、北西風の吹きつける日が多くなり、海水は、一層冷えた。

凪《なぎ》の日に、四百石積みほどの船と二百石積み程度の船が、一刻《いっとき》ほどの間に西方の岬のかげから姿をあらわし、東の方へ去った。その季節には穫り入れたばかりの米が船で運ばれるが、盛り上った積荷は米俵にちがいなかった。

翌日、村おさの指示で、浜に仮小屋が組まれ、塩焼きの仕度がはじまった。

凪の日がつづいたが、三日後の朝から強い風が吹き、磯にくだける波しぶきが海沿いの家々に降りかかった。舟は波打ちぎわからはなされ、打ちこまれた杭《くい》につなぎとめられた。

その夜、浜に塩焼きの火が焚《た》かれた。かれは、厠《かわや》に行って放尿した後、家の前に立って浜を見つめた。炎が風にあおられ、人影が動いている。月も星もなく、焚火の焚かれたあたりに砕けるほの白い波がみえるだけで、濃い闇《やみ》がひろがっている。時折り、霧のような飛沫《しぶき》が顔にもふりかかってきた。

母は、女たちと釜《かま》で煮られた塩を村おさの家に運んだり、割り当てられた薪《まき》を浜に背負って行ったりしていた。伊作は、凪いだ日には磯吉をともなって漁に出、時化《しけ》の日には磯吉と山中に入り、燃料の枯木を運びおろすことを繰返していた。

風が吹きつづけた日、村に不祥事が起った。

その夜、塩焼きに出た吉蔵が、朝、浜から家にもどると妻の姿がなかった。かれは、村内を走りまわり、磯や裏山を探しまわったが見当らない。かれの狼狽《ろうばい》した表情に、近隣の者たちは異常な事態が起ったことを察し、村おさにつたえた。村おさがかれを問いつめた結果、前日にかれが妻にひどい仕打ちをしたことがあきらかになった。

吉蔵は、妻が年季に売られた間、他の男と情をむすび子まで産んだという疑いを捨てきれず、時折り妻を苛《さいな》んできたが、またも怒りが頭をもたげた。かれは、妻を殴打した末、髪を切り刻み、体を縛りつけて陰毛まで剃《そ》り落したという。

吉蔵の告白をきいた村おさは、かれの妻が恐怖に堪えきれず夜の間に失踪《しっそう》したと判断し、男たちに命じて隣村へ通じる道を急がせた。

男たちは、峠に向ったが、数人が墓所に立寄り、焼場の近くの樹林で首をくっている吉蔵の妻を発見した。遺体は、蓆《むしろ》につつまれて村におろされ、吉蔵の家に運びこまれた。吉蔵は、遺体にしがみついて長い間泣きつづけていた。

伊作は、母とともに焼香に行った。遺体は、荒縄でかたく縛られ死人柱に背をもたせて坐《すわ》っていた。殴打《おうだ》はかなり激しいものであったらしく、青白い顔に黒ずんだ痣《あざ》が三個所もあった。髪は乱雑に切られ、地肌近くまで短くなっている部分もある。吉蔵は、部屋の隅で膝《ひざ》をそろえて坐り、頭を垂れていた。自ら命を断った者の遺体は海に流される定めになっていたが、吉蔵の暴力におびえて縊死《いし》した妻の遺体は、村おさの特別のはからいで墓所におさめられることになった。

翌日、遺体をおさめた棺が墓所に運ばれ、火葬にされた。恨みをいだいて自殺した者の霊は、村を立ち去りかねてさ迷うと言われ、村おさは、霊が沖に去るまでの処置として、吉蔵に五日間の絶食と家ごもりを命じた。が、吉蔵は、妻が火葬にされた夜、家をぬけ出すと岬に近い崖《がけ》から身を投じた。頭部がくだけ、飛び出した眼球と唇が重なり合い、脳味噌《のうみそ》がはみ出ていた。村人は、舟で遺体を沖に運び、捨てた。

吉蔵夫婦の死に、村人たちは放心したような表情をしていた。悲劇の原因になった吉蔵の嫉妬《しっと》の激しさをなじる者が多かったが、かれの妻が奉公中に不倫の子を産んだのも事実らしい、と噂《うわさ》し合った。

時化がやってきて、再び塩焼きがはじめられた。

十二月初旬、塩焼きの当番がまわってきて、伊作は、浜で夜を過した。風は強くなかったが波のうねりが高く、砕ける波の音に身をつつまれながら薪を加えつづけた。冴《さ》えた月がかかっていて、潮が引き露出した岩礁のあたりに、波の飛沫の散るのがかすかにみえた。

かれは、仮小屋で焚火にあたりながら海に視線を据えていた。月光に明るんだ海には、波の起伏が見えるだけで、話にきいてはいるが、お船様が現実に訪れてくるようには思えなかった。

海の凪いだ日には魚釣りに専念したが、磯吉は櫓を扱うことに熱中していた。足の位置や腰の動かし方をまちがえる度に頬をたたいても、泣くことはしない。手と足指の皮膚が切れて、膿《うみ》をまじえた血がにじみ出ていた。

母は、妹を抱いて眠り、伊作は磯吉と並んで寝た。かれは、寝息を立てている磯吉のざらついた小さな掌《て》をひそかに握ったりした。磯吉の眠りは深く、明け方に母に荒々しく起されるのが常であった。足蹴《あしげ》にされることも稀《まれ》ではなかった。

例年よりおそく雪がやってきたが、初雪は激しい吹雪になり、三日間やむこともなかった。村は雪におおわれ、屋根のふちから太いつららが幾筋も垂れた。

十二月下旬に入って間もない夜、かれは、夢をみていた。

闇の中で、遠く人声がする。かれは浜に立っていた。声は海上から聞こえてきていた。急に声が近づき、浜に寄せる激浪の音が体をつつみこんだ。波が体にのしかかり、かれはよろめいた。耳もとで自分の名を呼ぶ甲高い声がしている。母の声であった。頭を殴られ、肩を蹴られているのに気づいた。

半身を起した。頰に母の掌がたたきつけられた。母が、なにかわめくように言っている。炉の残り火に淡く浮び上った母の眼は、大きくひらかれていた。

「お船様だ」

母の叫び声に、跳ね起きた。戸外で人声が交叉《こうさ》している。思考力は失われ、なにをしてよいのかわからなかった。

眠そうな眼をしている磯吉に、

「薪を焚け」

と、母が怒声に近い声をあげた。そして、立ちつくしている伊作の頰を荒々しくたたくと、

「得物を持って浜に走るのだ」

と叫び、土間におりて蓑《みの》をつけ菅笠《すげがさ》をかぶった。伊作もそれにならい、錆《さ》びた鳶口《とびぐち》を手にした。

体が、熱くなった。待ちかねていたお船様が現実にやってきたらしいことに、胸の動悸《どうき》がたかまった。荷を満載した船であれば、雑穀どころか米を手に入れることができる。幼児期に病いを得た折、母が少量あたえてくれた白糖の甘さもよみがえった。

鍬《くわ》をかついだ母の後から、戸外に走り出た。空は一面の星で、雪道を淡く浮びあが

らせている。思い切り歓声をあげたい衝動にかられながら、雪の上を急いだ。体がおこりのようにふるえ、膝頭《ひざがしら》がくず折れそうであった。

道を村人たちが走ってくる。伊作は浜におりた。前方に塩焼きの火がみえ、そのあたりに村人たちが寄り集っていた。釜の下に薪が大量に加えられているらしく、火が燃えさかり火の粉が散っている。松明《たいまつ》をかざした者もいて、その明りに海の方向を見つめている村おさの顔もみえた。

かれは、走り寄った。

「お船様は、どこだね」

母が、声をかけた。

「この正面にいる。船は傾いている。岩に船底を破られていることはまちがいない」

男の一人が、ふるえをおびた声で答えた。

伊作は、海の方向に視線を据えた。波頭がほの白く押し寄せ、砕けるたびに冷い飛沫が降りかかってくる。眼が徐々に暗さになれ、かなり大きな船らしいものが星明りに浮び上ってみえた。傾いた船が、波しぶきに包まれている。

体がふるえ、口の中が涸《かわ》いていた。船は時化にあって航行も意のままにならず、浜で焚かれている塩焼きの火を人家の灯と錯覚して浜に舳を向け、岩礁に激突したにちがいなかった。かれは、初めて眼にするお船様を見つめた。くらがお船様の到来を祈る行事の孕《はら》み女になったことが、効果をしめしたのかも知れぬ、と思った。

思い切り歓声をあげたいような感情がつき上げてきたが、村おさをはじめ周囲に立つ者たちが口をつぐんで海を見つめているのに気づいた。待ち望んだお船様が訪れてきたのに、はしゃぐこともしないかれらが不可解だった。かれは、釈然とせずひそかに周囲の者たちの顔をうかがった。

浜にかけ寄ってきた男たちの間から、

「帆印《ほじるし》は？」

という甲高い声がした。

「それがわからぬのだ。風が強く三分帆《さんぶほ》にしているし、それにこの暗さだ、なにもみえぬ」

苛立《いらだ》った声が、釜の近くできこえた。

伊作は、村人たちの沈黙をようやく理解することができた。それに気づかぬ自分が、恥しかった。藩船か商人の船かは、帆印によって識別できる。村人たちが待ち望んでいるのは商人の船で、それは村人に大きな恵みを約束してくれる。が、藩船であった折には積荷を奪うなど論外で、なんの利益も村にもたらさない。それどころか扱いを少しでもあやまれば苛酷《かこく》なお咎《とが》めをうけ、大きな災厄がふりかかってくる。

「くらは、まだか」

村おさが、風に喘《あえ》ぎながら言った。

「もうくるはずです」

傍に立つ男が、答えた。くらが呼ばれているのは孕み女としてで、村おさは、眼前の船が商人の船であることを願い、くらに祈禱《きとう》をさせるのだろう。

「来た、来た」

人の声がし、松明を手にした太吉にともなわれたくらが浜におりてきて、村おさに近づいた。腹部は大きく、身動きも大儀そうであった。

くらは村おさに頭をさげると、手にした注連縄《しめなわ》を押しいただき、波打ちぎわにおると、海に投げた。伊作の周囲に読経《どきょう》の声が起り、かれも村人に和して合掌した。

村人たちは、落着かぬように浜を歩きまわりながら海に眼を向けている。寒気が増し、男たちは代るがわる二基の釜の下に薪を加えつづけた。さらに村おさの指示で補充の薪が運ばれ、新たに焚火の火が起り、村人たちはそれをとりかこんだ。

風が少し衰え、夜明けの気配がきざした。夜空がわずかに青みをおび、星の光もうすれはじめた。村人たちは、海に視線を据えていた。海上が、徐々に眼にすることができるようになった。点在する岩礁に波の飛沫があがり、その一つに船底をのしあげている船がみえた。波が押し寄せるたびに、わずかに揺れている。

「二百石積みだ」

「いや、三百石はある」

男たちの声が、ひそかに交された。帆は低くさげられ、帆印はみえない。

「積荷は十分だ」

たしかに、船には荷らしいものが盛り上っている。船に水没の危険がせまると、船を安定させるため刎荷《はねに》がされるが、それまでの状態にならぬうちに陸に灯火らしいものを見出《みいだ》し、浜に船を進ませてきたのだろう。

明るさが増し、船の輪郭がみえてきた。三分帆の帆布が、風にあおられている。

「帆印がみえる」

低い声がした。

伊作は、眼をこらした。たしかに帆布の上部に印らしいものがある。黒い二筋の線のようであった。

「お大名の帆印ではない、商人の船だ」

うめくような男の声がした。

一瞬、沈黙がひろがったが、突然歓声が村人たちの間から噴き上った。藩船の帆印は、帆の中央に大きく記されているが、海上で傾く船の帆印は上端にあって、小さい。かれの口からも、声がふき出た。

夜明けの浜に、歓声ともわめき声ともつかぬ声が満ちた。狂ったように体をはずませている者もいれば、雪を蹴散らしながら走りまわっている者もいる。

伊作は、背後に泣き声が起るのを耳にして振返った。女たちが身を寄せ合い、肩を波打たせている。今までの飢えにおびえつづけた生活の苦しみと悲しみが、一度によみがえるらしく、激しい泣き方をしている。かれの眼からも、涙がにじみ出た。父は家族を飢えから救うため年季奉公に身を売り、かれは母とともに弟妹を養ってきた。父がいれば、幼い末妹も死なずにすんだかも知れない。いつの間にか、弟の磯吉が傍に立って海に眼を向けていた。

「鎮《しず》まれ」

村おさと並んで立っている長身の老人が、鋭い声で言った。

人々の動きはやみ、歓声も泣き声も鎮まった。

「お船様に、人がいる」

老人が、押し殺したような声で言った。

深い沈黙がひろがり、村人たちは身じろぎもせず船に眼を向けている。海上は明るみ、船の上部構造が浮び上ってきていた。たしかに帆柱の付け根近くに人が坐っていて、手でも合わせているのかこちらに顔を向けている。

「村おさ様のお言いつけで、おれがすべての指図をする。気持を落着けて、おれの言うままに動け。まず、物見を出す。権助」

老人の声に、片腕のない男が釜の近くに進み出た。

「いつものように、物見をお前に命じる。潮ノ鼻と烏《からす》ノ鼻に行け。他の三人の物見はお前が選べ。見過すことは許さぬぞ」

老人の険しい視線が、権助に据えられた。

権助は、頭をさげ、村人を振返ると、

「金太、今度も力を貸してくれ」

と、言った。

小柄な男が、村人の間から出てきて権助の傍に立った。権助は、村人たちを見まわしながら金太と低い声で話し合っていたが、老人に近づくとなにか言った。

「佐平、伊作。お前らは眼が若い。権助と金太に力を合わせて物見につけ」

老人が、声をかけてきた。

伊作は、難破した船の処理に従事できぬらしい役目を負わされたことに気落ちした。村人たちが、訪れを待ちかねていたお船様をどのように扱うかを見、それに力を添えたいと思っていただけに、苛立ちを感じた。

伊作は、佐平につづいて権助に歩み寄った。

「それでは、仕事にかかる。縄を出来るだけ多く集めろ。それから斧《おの》、鳶口、木槌《きづち》も用意し、ここに運べ」

老人の声に、村人たちは小走りに家の方へもどっていった。老人は、腰にさげた手拭《てぬぐい》で鉢巻をした。

権助が、物見の役割りについて伊作と佐平に説明した。海には、沖がかりの船や海岸沿いに航行する地廻りの船が通る。もしも、それらの船に乗る者たちに、お船様を村人たちが処分しているのを目撃されれば、船荷奪いが露顕し、きびしいお咎めを受ける。物見役は、村の東西に突き出た岬の上に立って海上を監視し、もしも船影を眼にした折には狼煙《のろし》をあげて村人に報《しら》せる。村おさは、ただちに作業を中止させる仕組みになっているという。

「おれが選ばれたのは遠眼がきくからで、金太も眼がいい。大切な役目だ。お前たちも心して物見をしろ」

権助は、きびしい表情で言った。金太は、佐平と西の岬である潮ノ鼻へ、権助は伊作とともに東の岬の鳥ノ鼻で監視に当ることになった。

夜が明け、雪におおわれた裏山の背後に朝陽ののぼる気配がひろがった。凪は衰えていたが、波のうねりは高い。船が鮮明に眼にとらえられた。広い舵《かじ》が半ばくだけ、右側の垣立《かきだつ》が破壊され流失したらしくみえない。帆柱の傍に二人の男が坐《すわ》っていて、浜にむかって合掌しているのがみえた。

伊作は、権助に命じられるままに家に引返すと、煎《い》り豆を作り袋に入れて腹にくくりつけた。母は、村おさの家にでも行っているらしく姿はない。妹もいなかった。かれが、鉈《なた》を腰に家を出て道を急ぐと、山路《やまみち》にかかるあたりに斧をかついだ権助が待っていた。二人は、雪の深い山路をたどり、途中から岩場の傾斜をのぼった。鳥の啼《な》き声が増し、樹《き》の梢《こずえ》に羽を憩《いこ》うている数羽の鳥もみえる。権助の足は早く、それを追う伊作の体には汗がふき出ていた。

半刻《はんとき》ほどして、ようやく岬の上に出た。伊作には初めて足をふみ入れる場所であった。権助は、雪をかきわけ、低い樹木の間を縫うようにして進んだ。下方では、波の砕ける音が轟《とどろ》くように聞こえていた。

林が切れ、平坦《へいたん》な地に出た。伊作は、眼をみはった。前方に広大な海がひろがっている。そこは岬の先端で、左下方に村と湾が見下せた。湾内の岩礁《がんしょう》には海水が白く泡立ち、坐礁《ざしょう》した船もみえる。物見の地として絶好であった。湾をへだてて、雪におおわれた潮ノ鼻が海に突き出ている。金太とともに岬の先端へ急ぐ佐平の姿が、思い描かれた。

「枯木と枝を集めろ」

権助が、口早やに言った。

伊作は、権助の後から林に入ると、倒れた枯木をひきずり出し、枯枝を束ねて岬の先端に運んだ。その間に、権助は、樹の幹に鉈をたたきつけて樹皮をはがしていた。

権助が火を起し、枯枝が燃えはじめ、薪《まき》が添えられた。伊作は、斧で枯木を断ち割った。

「樹の皮に雪をのせて火にかぶせれば、狼煙があがる。よく海に眼を据えていろ」

権助は、火加減をととのえながら言った。

伊作は、海を見渡した。陽光にかがやく海には、海鳥の姿もなく、空は澄んでいる。

潮風は冷く、顔がこわばった。

焚火《たきび》に近寄り、海に視線を据えた。

「はじまったぞ」

権助の言葉に、伊作は湾を見下した。浜から多くの小舟が出て、坐礁した船にむかっている。浜には、人が群れていた。

「海に注意をはらえよ」

権助がたしなめるように言ったが、かれも視線を湾に向けている。

小舟の群れが進み、やがて坐礁船をとりかこんだ。大きな昆虫にむらがる蟻《あり》の群れのようにみえた。数艘《そう》の小舟が船に横づけになり、人々が乗り移るのがみえた。かれらは、おそらく船の水主《かこ》たちに怒声を浴びせかけているのだろうが、陽光を浴びた湾は、ひどく穏やかなものに感じられた。

伊作は、海に視線をのばしながらも時折り湾を見下した。小舟の群れはしばらくの間動かなかったが、やがて坐礁船の上からおろした荷らしいものを載せて浜にもどるようになった。その動きは次第に活潑《かっぱつ》になって、浜と坐礁船の間を小舟が往き交った。

しおれた帆もおろされ、帆柱が切り倒されたらしく海面に水しぶきをあげて落ちるのがみえた。一艘の小舟が帆柱に近づき、浜の方へ曳《ひ》いてゆく。浜に荷らしいものが積み上げられていたが、米俵のようであった。

空腹を感じ、袋から煎り豆をつまみ出して口に入れた。

「かなりの荷だ。大したお船様だ」

湾を見下している権助が、ふるえをおびた声で言った。

「今まで来たお船様より積荷は多いのかね」

伊作は、たずねた。

「もっと大きい船もあったが、これほど荷を積んだものは珍しい。浜にあんなに荷が揚げられているのに、まだ船から運び出している」

権助は、眼をかがやかせた。

お船様が到来する度に、岬の上で物見をしながら湾を見下してきた権助だけに、その判断は狂ってはいないだろう。積荷が稀《まれ》なほど多量であることに、伊作の興奮はつのった。

「どんな荷があるのかな」

伊作は、権助の顔をうかがった。

「まず米、それに豆、木棉《きわた》、瀬戸物、莨《たばこ》、半紙、油、砂糖などを積んでいることもある。酒樽《さかだる》が二十樽ものせてあったお船様もあった」

権助は、欠けた歯をむき出しにして笑った。

日が傾きはじめた頃、ようやく積荷は絶えたらしく小舟の動きがやんだ。浜に揚げられた荷は、村おさの家に運ばれているようだった。

村の背後に迫る山々の雪が、紫色をおび、やがて夕色につつまれた。浜で焚かれる火のひらめきが、急に輝きをおびはじめ、村は闇《やみ》の中に沈んでいった。

伊作は、権助と力を合わせて大きな岩のかげに吹きたまった雪に穴を掘り、内部に枯葉と枯草を敷きつめた。そして、穴の上方に枝を交叉《こうさ》させ、樹皮をのせると、権助と背を密着させて横になった。

寒気が激しかったが、徐々に温かさが増した。権助の寝息が起った。

伊作は、闇の中で眼を開いていた。お船様の積んできた荷は、村おさの指示で人数割りに各戸に平等に分配されるという。主な積荷は米俵にちがいなく、それを口にできるかと思うと嬉《うれ》しさがつき上げてきた。弟や妹はむろん米など知らず、それを粥《かゆ》にしてすすらせる折のことが思われた。かれらは、甘さをともなった白い粥の味に陶然とするにちがいない。

たしかに権助の言う通り、浜に揚げられた荷の量は多く、それだけ家にあたえられる食料、物品も多いことが期待される。さんまは売れず、尾花蛸《おばなだこ》も不漁で穀類をわずかしか入手できなかった村の者たちは、お船様の到来で飢えの恐怖から解き放たれ、おそらく二、三年は、その恵みによって暮すことができるだろう。年季奉公に身を売る者もなくなり、しばらくは平穏な生活がつづくにちがいない。民も家にとどまり、太吉も産まれてくる子の父として、漁にいそしむことができるはずだった。

伊作は、胸の上で手を合わせた。お船様の訪れは神仏の力によるもので、心から感謝の念を捧《ささ》げたかった。

岬の根でくだける波の音が、地の底から湧《わ》くように聞こえてくる。その音を耳にしているうちに、いつの間にか眠りに落ちていた。


肩をゆすられ、眼をさました。

権助が、手をのばして上方の枝と樹皮をとりのぞいた。冷気が、急に体をつつみこんできた。夜空に星が散っているが、光は薄らいでいた。

伊作は、穴の中から這《は》い出した。権助は、焚火の残り火に息をふきかけていたが、すぐに枯枝が、はじけるような音をさせて燃えはじめた。

伊作は、火に身をかがめ、海に視線を向けた。夜明けの気配の中で、海が凪《な》いでいることが察せられた。湾を見下すと、作業はすでにはじめられているらしく、小舟にかかげられているらしい松明《たいまつ》の火が海上を動き、坐礁船の上にも火がいくつかみえる。

権助が塩漬けのさんまを二尾火にかざし、一尾を渡してくれた。脂《あぶら》のにじみ出た魚肉は熱く、煎り豆とともに食べるとさんまの塩味が中和されてひどく美味に感じられた。

　夜が明け、朝の陽光が海上にひろがった。坐礁船の周囲には、しきりに水しぶきがあがっている。落されるのは材木や板類であった。

「お船様をこわしているのかね」

　伊作は、眼をこらした。

「お船様の材は上等なものが使われているからな、なんにでも使える。釘《くぎ》やカスガイもとれる。それにお船様の中には、炊場《かしぎば》に鍋《なべ》、釜《かま》、庖丁《ほうちょう》、桶《おけ》、櫃《ひつ》などがあり、時には箪笥《たんす》や長持までのっていることもある」

　権助は、声をはずませて言った。

　伊作は、指図役の老人が鋸《のこぎり》、斧、木槌を用意させた意味を理解することができた。船は解体され、船材が海中に落されているのだ。

　船材は小舟で曳かれ、浜に揚げられている。それらは、人々にかつがれて裏山の林の中に移されていた。

　海は、べた凪《なぎ》であった。伊作は権助と海を見まわしたが、帆影はみえない。東の方向で、粉雪が舞うようにみえるのは海鳥の群れで、その附近の海面に魚が群れているらしく陽光を反射して輝いていた。湾をへだてた潮ノ鼻にも、煙はあがらない。

坐礁船の傍から二艘の小舟が、伊作たちの立っている岬の方向に近づいてきた。

「仏を運んでいる」

権助が、言った。

伊作は、視線を据えた。たしかに舟の中には蓆《むしろ》でおおわれたものが載せられているようだった。やがて小舟は、前後して岬の下方にかくれた。

坐礁船の周囲には、さかんに水しぶきがあがり、船体が原型をとどめぬまでになった。作業は素早くおこなわれているらしく、砕けた舵《かじ》のついている艫《とも》の部分はすでに消えていた。帆布をはこぶ小舟もあった。

午《うま》の刻《こく》を過ぎた頃、岩礁に残されているのは船底の部分だけになった。岩礁にのって作業をしているらしい人の姿も見える。伊作は、仕事の速さに驚嘆した。

根棚《ねだな》らしい材が曳かれてゆくと、航《かわら》が分断されて海面に浮び、浜へ運ばれた。岩礁の点在する湾に坐礁船の姿は消え、おだやかな海がひろがっていた。

「物見をしている時に、船の近づくのを眼にしたこともあるのかね」

伊作は、拍子ぬけした思いでたずねた。

「あるさ、一日に二艘もやってきたことがある」

権助は、海を見まわした。

浜に、煙があがった。

「仕事がすんだ合図だ。役目は終った」

権助は、焚火に雪を投げかけながら言った。

「さあ、村にもどろう。どんなものが入ったか、楽しみだ。おそらくかなりのものがあるはずだ」

権助は、斧をかついだ。

伊作は、権助の後から林の中に入り、小走りに歩く権助を追って樹《き》の間を縫うように進んだ。歓喜が胸にあふれ、足が宙に浮いているようだった。母や磯吉も、村人たちにまじって働きつづけたにちがいない。

かれは、沸き立っている村の賑《にぎ》わいの中に一刻も早く加わりたかった。

権助は、山路《やまみち》に出ると斧を背に雪を蹴《け》散《ち》らせて走り、伊作もその後を追った。一刻も早くお船様のもたらした恵みを眼にしたかった。

樹林が切れると、右手に浜が見下せた。村人たちが歓喜に踊り狂っている姿を想像していたが、波打ちぎわに集り、身じろぎもせず立っている。思いがけぬ情景に足をとめかけたが、権助が走りつづけているので、再び足を早めた。

権助が山路をおり、浜に足をふみ入れた。伊作は、息を喘《あえ》がせて村人たちに近づいていった。

村人たちが、村おさをかこむようにして海に向って合掌している。伊作は、ようやく人々が海に感謝の祈りをささげていることに気づいた。

村おさが祈りをやめると、傍に立つ指図役の老人がこちらに顔を向け、

「仕事はとどこおりなく終った。村おさ様は、お前たちが精を出して働いたことに満足されている。今日は身をつつしんで家にこもり、御先祖様の霊にお祈りをして過せ。お船様のお恵みは、明朝渡す」

と、張りのある声で言った。

村おさが波打ちぎわをはなれ、人々もそれにならった。伊作は、権助にうながされて老人の前に立った。

権助が、近づく帆影は見えなかったことを報告すると、老人は、よし、と言った。

伊作は老人に深く頭をさげ、家の方向に歩き出した。村人たちは無言で浜からあがってゆくが、眼は明るくかがやいていた。歯をのぞかせて笑っている者もいた。

家の垂れ蓆をはねて土間に入ると、先祖の位牌《いはい》に手を合わせていた母が振返った。顔が上気したように赤らみ、口もとがゆるんでいる。それは今まで眼にしたこともな

い嬉しそうな表情で、母とは別人のようにみえた。

かれは、床にあがると位牌の前で手を合わせ、炉の傍に坐《すわ》った。あらためて喜びが胸につき上げてきた。立ち上って家の中を踊りまわりたかった。日が傾きはじめたらしく、気温が低下していた。

母が、そばの実を入れた鍋を火にかけ、塩漬けにしたさんまを炉端に持ってきた。いつもの夕食よりも豊かであった。

「お船様にはなにが積んであった?」

伊作は、炉をへだてて坐った母に声をかけた。

「米だ。大層な量だ」

母は、拍子をつけるような口調で答えた。

「それからどんなものが?」

「繰綿《くりわた》、種油もあった。蠟《ろう》、茶、酒、それに醬油《しょうゆ》、酢、畳表。なんと言っても米だ。今度のお船様は米船だ」

母の声は、はずんでいた。

なんという喜ばしい日だろう、とかれは思った。珍しく饒舌《じょうぜつ》になっている母を眼にしているのが楽しく、その喜びが自分にも伝わってくる。弟妹にもそれが感じられるらしく、かれらも笑っていた。

そばの実が湯の中で踊りはじめると、母は野菜と若布《わかめ》を入れた。家の内部が暗くなり、母や弟妹の顔が炉の炎に赤く映えた。さんまを刺した串が火のまわりに立てられ、煙があがりはじめた。母が椀《わん》に雑炊を盛って、伊作、弟、妹の順に渡し、自分も椀を手にした。

伊作は、さんまを食べ、雑炊をすすった。明日は米が配られ、粥《かゆ》が煮られる。弟や妹がそれを口にする折のことが想像され、喜びが体にひろがった。

「あと一年と少しだ」

母が、椀を手にしたまままつぶやいた。

伊作はその言葉を推しはかりかねて母に眼を向けたが、夢見るような眼の輝きに父を思い出していることに気づいた。父の年季は三年で、明後年の雪どけには年季明けになる。その頃には、まだお船様の恵みが家に残されているにちがいなく、帰ってきた父をくつろいだ気分にさせるだろう。もしも、伊作たちが飢えにさらされているとしたら、再び父は身を売ることを考えるかも知れないが、その恐れはなくなったのだ。

母は、弟や妹の椀に雑炊を再び入れ、やわらいだ表情をして箸《はし》を動かしていた。

食事を終えて間もなく、母が、居眠りをはじめた妹を抱いて藁《わら》の中に運び、弟も部屋の隅に身を横たえた。

「仏はいくつあったんだね」

伊作は、岬の上から見下した二艘の小舟を思い浮べながらたずねた。

白湯《さゆ》を飲んでいた母が顔をあげると、

「海に落ちて溺《おぼ》れ死んでいた者が三人。船には傷を負った男をふくめて四人いたが、一人残らず打ち殺した」

と、低い声で言った。

「手向かいでもしたのかね」

伊作は、炉の火に映える母の顔をうかがった。

「初めからさからう素ぶりはなく、命乞《いのちご》いをしていたそうだ」

母は、抑揚の乏しい声で言った。

おそらく水主《かこ》たちは、神仏の加護を求めて髷《まげ》も切り落していたにちがいない。ざんばら髪のかれらが膝《ひざ》をつき、船に乗りこんできた村人に手を合わせて助命を乞うている姿が想像された。

「情などかけてはならぬのだ。かれらを一人でも生かしておけば、災いが村にふりかかる。打ち殺すことは御先祖様がおきめになったことで、それが今でもつづけられている。村のしきたりは、守らねばならぬ」

母の眼に、険しい光が浮んだ。

伊作は、神妙な表情でうなずいていた。


翌日、海は荒れた。押し寄せる激浪の音がとどろき、吹きつける風に家の垂れ蓆ははためいた。

波の砕け散るしぶきが降りかかる村道を、伊作は母とともに村おさの家へ向った。途中で会う村人たちの顔には、喜びをおさえきれぬ表情が浮んでいた。

村おさの家の中にも土間にも、人がひしめいていた。かれらは低い声で言葉を交していたが、眼は明るく光り、声ははずんでいる。家の奥では、重だった者が床に苧殻《おがら》の棒をならべて計算をしていた。その日は、まず米が分配されることになっていた。

背を丸めて棒を数えていた男たちが顔をあげ、一人が村おさに平伏すると、なにか言った。村おさは、何度もうなずいていた。傍に坐っていた指図役の老人が、立ち上った。村人たちの声は鎮《しず》まり、老人に視線を向けた。

「お船様が積んでいた米は、三百二十三俵」

老人の声に、村人たちの体が一様にゆらいだ。想像以上の米の量に、伊作は胸が熱くなるのを感じた。

「一人前の男と女には一人につき三俵、幼い者には一俵。残りの四十九俵は、御貯蔵米として村おさ様の取り分」

村人たちは、その言葉に興奮をおさえ切れず互いに喜びの言葉を口にし合い、村おさに深々と頭をさげた。

村おさも老人も、頰をゆるめている。伊作は、母や村人たちの眼に涙が湧《わ》いているのをみた。一人前とは十歳以上の者を言い、母と自分がそれに当る。かれは、配分される米俵を指折り数え、八俵の米が家にあたえられることを知った。

「八俵ももらえる」

かれは、傍に立つ母に上ずった声をかけた。

「八俵」

母は呻《うめ》くように言い、かれの顔を見つめた。その眼に涙が湧き、頰を流れた。嗚咽《おえつ》をこらえているらしく、顔がゆがんでいる。

年季で売られた者が村に帰ってきた折には、村おさが貯蔵米の中から応分の米をあたえる。明後年の春にもどってくるはずの父の分も入れると、量はさらに増す。

村おさが立ち、老人もそれにならった。伊作たちは、村おさに従って家の裏手に出た。

米俵は蔵におさまり切れず、蓆を敷いた土の上に積み上げられていた。伊作は、まばゆいものを見るように米俵を人の肩越しにながめた。

老人の指示で、男たちが各戸別に米俵を分けてゆく。苧殻の棒を持った男が、俵数をたしかめ、棒をのせる。伊作の名が老人の口からもれて八俵の米俵が土の上に積まれ、その上に長い棒が二本、弟と妹の分をしめす短い棒が二本置かれた。かれは、妹のてるが死ななければ、短い棒はさらに一本加えられたのだ、と思った。

配分が終ると、村人たちは村おさの前にひれ伏して礼の言葉を述べた。手を合わせている者も多かった。

老人が、声を張り上げた。

「米は少しずつ食え。お船様はいつくるかわからぬのだ。この先何年もこないかも知れぬ。米の味になれでもしたら罰《ばち》があたるぞ。男たちは漁にはげみ、女たちは磯で貝を拾え」

村人たちは、再び頭を深くさげた。

かれらは立つと、それぞれ自分の家にあたえられた米俵の前に立った。俵の山は十六に分けられていた。

男たちは、俵をかついで村道の方に出てゆく。

「お前にはかつげまい」

母が、言った。

伊作は、俵の縄に手をかけてかつぎ上げようとしたが、腰のあたりまであがるだけであった。予想以上の重さであった。

「意気地なし」

母は荒々しく言ったが、顔は笑っていた。そして、俵に手をかけると肩にかつぎ、腰を少しふりながら道に出ていった。

伊作は、顔を赤らめた。家の働き手となっているのに、米俵を運べぬことが情なかった。漁の仕事に慣れてきているとは言え、自分はまだ半人前の男なのだ、と萎縮《いしゅく》した気分になった。かれは、再び俵に手をかけてみたが、かつぎ上げることはできなかった。

母は、村おさの家と自分の家を往復した。米俵は、板を並べた土間に積み上げられた。

俵を運び終えた母は水を飲み、汗をぬぐって休息をとった。そして、俵の中から木《もく》椀《わん》一杯分の米をすくうと位牌の前に供えた。伊作たちは、母にならって合掌した。

夕刻、母は、供えた米を鍋《なべ》に入れて煮た。記憶に残る米の煮える匂《にお》いがただよい、伊作は、白くたぎる鍋の汁を見つめた。米粒はふくらみ、乱れるように上下している。母が、椀に粥をすくってくれた。それを口にしたかれは陶然とした。豊かで気品のある味で、体に活力が湧くのを感じた。弟妹は、黙ったまま食べているが、その眼には驚きの色が浮んでいた。

くらの父が迎えにきて、母が、太吉の家に出掛けていった。孕《はら》み女としてお船様の到来を祈願する役目をしたくらは、その願いが通じたことで村の賞讃を浴び、その祝いが太吉の家でもよおされているのだ。

一刻《いっとき》ほどして、母が上気した顔で帰ってきた。

「大したもんだ。村おさ様から米が三俵と酒がとどけられていた。膳《ぜん》の蹴《け》り方がよかったから、お船様が来てくれたのだと、村おさ様が申されたそうだ」

母は酒を飲んだらしく、甕《かめ》の水をうまそうに飲み、大きく息をついた。

波の寄せる音が重々しく聞こえていたが、村の家々に明るい賑《にぎ》わいがひろがっているのが感じられた。

かれは、磯吉の傍に身を横たえた。

翌日も、分配がおこなわれた。種油、醤油、酢、酒などが人数割りで配られ、村人は壺《つぼ》や桶《おけ》に入れて運んだ。蠟、茶の半ばは寄合い場所になっている村おさの家に保存され、畳表も蔵におさめられた。

その夜、浜に塩焼きの火が起った。村おさは、村人たちが豊かな食料や品物に酔いしれることをたしなめる意味から、日常の生活にもどるように指示したのだ。塩を焼くのもそうした配慮によるもので、再びお船様が訪れることが期待された。

村の男たちは、凪の日に漁に出るようになったが、海上で会うかれらの顔には明るい表情がみられた。意味もなく手をあげたり、笑いかけてくる者もいた。

伊作も磯吉をともなって海に出たが、土間に積まれた米俵やさまざまな品物が眼の前に浮び、自然に頰がゆるむ。糸がひかれているのに気づかず餌《えさ》をとられてしまうこともあった。食料には当分の間困ることはなく、小魚を釣る真剣さは失われていた。

磯で貝や海草を拾う女たちも、手を休めて話しこんでいることが多いようであった。時には、はじけるような笑い声が、海上にまで聞こえてきたりした。

かれは、塩焼きの火を守る役目にもついた。お船様はやってきたし、今後もおそらく訪れてくるにちがいない。それは、村人たちの夢物語に近いもののようにしか思えなかったが、今は現実のものとして感じとることができた。塩焼きの役目は重く、自分の当番の夜にお船様を眼にしたい、と思った。

年が暮れ、元旦《がんたん》を迎えた。かれは、十一歳になった。

その日から忌《い》みごもりの行事がおこなわれ、伊作も漁に出ず、母たちと無言のまま家にこもった。海は荒れ、吹雪がつづいた。

忌み明けの六日は好天で、波のうねりは高かったが、風はやんでいた。母は、鍋に米を多目に入れて煮た。スルメが火にあぶられ、尾花蛸《おばなだこ》の酢漬けも椀に盛られた。

伊作は、米粒の多い粥をすすり、スルメをかじった。今まで味わったことのない正月らしい朝食であった。

食事を終えた後、連れ立って墓参りに出掛けた。かなりの積雪で、腰までもぐる。母は妹を背にくくりつけて村人たちと墓地にたどりつき、雪に埋れた墓を露出させ、米粒を数粒ずつ墓石にのせて合掌した。

村人たちは、雪道をもどり、村おさの家に向った。空は青く、雪がまばゆく光っている。伊作と母は、出会う村人たちと挨拶《あいさつ》を交した。

村おさの家の土間に入ると、家の中で村おさを中心に村の重だった者が三人、酒を飲んでいるのがみえた。伊作たちが頭をさげて正月の祝いの言葉をのべると、村おさはおだやかな笑みを浮べながらうなずいていた。

家にもどると、母が壺に入れた酒を椀にすくってくれた。口をつけると、芳香が口の中にひろがった。

ひと口飲んだ母が、

「いい酒だ。こんな上等なものは飲んだことがない。米で造った酒はちがう」

と、感嘆したように頭をふった。

酒は濃く、体が急に熱くなった。気持が浮き立った。

「来年の春だね、父ちゃんの帰ってくるのは……。達者で帰ってくるといいが」

伊作は、母に声をかけた。

母が、かれに顔を向けると、

「馬鹿者《ばかもの》。達者で帰ってくるにきまっている。父ちゃんは、並の男とちがう。病んだりするような男じゃない」

と、声を荒げて言った。

伊作は、酒をふくんだ。父が帰ってくるまでに漁も巧みになっていたい、と思った。体にも力をつけ、米俵も容易にかつぎ上げるような男にならなければならぬ、と自分に言いきかせた。

酔いがまわってきて、眼の前がゆらぎはじめた。かれは、酒を一気に飲み干すと、足もとをふらつかせながら藁《わら》に近づき、仰向けに寝ころんだ。すぐに眠りが、訪れてきた。

眼をさますと、家の中は暗くなっていた。粥《かゆ》の煮える匂《にお》いがただよい、炉端に坐《すわ》る弟と妹の姿がみえた。

母が、位牌《いはい》の前に近づくと、油をそそいだ皿から突き出ている灯芯《とうしん》に灯をともした。弟と妹が立ち、油皿に近寄り、灯に眼を向けている。明るい光だった。かれは、半身を起して灯を見つめた。灯がまたたき、薄い煙が立ち昇っている。弟と妹の眼に、灯の輝きがやどっていた。

正月が過ぎても、村の浮き立った空気は変らなかった。

男たちは家々に集って持ち寄った酒を飲み、女たちは茶を飲んで話に興じたりすることがつづいた。白糖を口にした老人が、いつ死んでも悔いはないと涙を流して喜んだという話もつたわった。

母は、他の家々で米飯を炊《た》いて食べたことを耳にする度に、頭を振り、顔をしかめていた。

「物というものは、いつかはなくなる。恵まれている時にこそ気持をひきしめなければ、必ず泣かねばならぬようになる」

　母は、自分に言いきかせるようにつぶやき、米を使う時も粥にして伊作たちにあたえるだけであった。

　凪《な》いだ日にも、通過する船を眼にすることは少くなっていた。米を運ぶのは歳末までにほとんど終り、荒天をおかして航海する船は稀《まれ》になる。正月が明けて間もなく過ぎていった大きな船はあきらかに藩船で、帆の中央に大きな紋が印され、波に上下しながら岬のかげにかくれていった。

　一月下旬、くらが女の子を産んだ。男子を欲しがっていた太吉は落胆していたが、村おさから米と酒が渡され、さらにたまという名もあたえられて気をとり直したようであった。

　伊作は、ひと握りの米を入れた椀を手にした母とともに太吉の家へ行った。家の入口には注連縄《しめなわ》が張られ、嬰児《えいじ》は、村おさから貸しあたえられた畳表の上に身を横たえているくらの傍で寝ていた。嬰児の前には供物《くもつ》が置かれ、母は椀を置いて手を合わせた。死んだ先祖の霊は、海の彼方《かなた》から帰って村の女の胎内に宿ると言われている。くらの産んだ女児は、霊帰《たまがえ》りした先祖で、親族の者が集り供物を捧《ささ》げるのだ。

伊作は、母とともに親族のかこむ炉端に坐った。互いに祝いの言葉を交し、出された酒を酌《く》み合った。母は、一年前に死亡したてるのことを思い出すらしく、時折り嬰児に視線を向けていた。霊帰りにはかなり長い歳月が必要であるとされ、てるは、死のやすらぎの時間に身を託しているはずであった。

親族たちは、くらが孕み女として祈願したためお船様が訪れたのだと言い、産まれた子に村おさが名をさずけてくれたことを喜び合った。

「お船様の米が入った時に生まれたたまは幸せだ。米を口にすれば、病いにもかからず達者に育つ」

親族の一人が言うと、他の者もうなずいた。横になっているくらは、嬉《うれ》しそうに口もとをゆるめていた。

塩焼きはつづけられ、伊作も吹雪の夜を浜で過したりした。夜が明け、釜《かま》の下の火を落すと、女たちが桶をかついで浜におりてきた。その中に、民もまじっていた。かれは、女たちが釜の中の塩をすくって桶に入れるのをながめていた。自然に、視線が民の体にそそがれた。顔が細面になり、背丈も伸びているように思えた。華奢《きゃしゃ》な体つきだが、腰が豊かになっている。急に女らしさが匂い出てきたようだった。

かれは、息苦しくなった。太吉が山でくらと出会い、野合わせをしたというが、自分もそのような機会を民と得たかった。が、かれには民が近づくことすらできぬ存在に思え、たとえ山路で顔を合わせたとしても声をかけることなどできそうにもなかった。

民が塩をみたした桶を天秤棒《てんびんぼう》でかついで、降雪の中を村おさの家の方へ歩いてゆく。伊作は、仮小屋の中の焚火《たきび》を消し、浜から道にあがっていった。

通過する船を見ることはなくなり、塩焼きの意味も失われていた。村は、深い雪に埋れていた。伊作たちは、きびしい寒気に、時折り体をめぐらせて炉の火に背をあためたりした。入口に莚《むしろ》が垂れていたが、朝になると柱にかたく凍りついていて、棒でたたいて離さねばならなかった。

二月に入ると、寒気がゆるむ日が多くなり、数日間海が凪ぐこともあった。山中に入った者の口から梅の開花がつたえられ、村おさは塩焼きをやめさせた。お船様のやってくる季節は終った。

6

早春の気配が日増しに濃く、村をおおっていた雪がとけはじめた。屋根に積った雪がすべり落ち、家は震動した。濡《ぬ》れた草ぶき屋根から、水蒸気がゆらいだ。

春の訪れに、人々の表情は明るかった。気温がたかまるにつれて魚類は岸近くに寄ってくるし、磯にも魚介類が姿をみせる。米は各戸に貯《たくわ》えられていて穀物に事欠くことはなく、さらに海の恵みをうければ豊かな食生活が楽しめる。

伊作は、村人たちの表情の変化に気づいていた。険しさが消え、眼におだやかな光が浮んでいる。家の前で陽光を浴びながら莨《たばこ》をくゆらせている男もいれば、浜で寝ころんでいる男もいた。

伊作は、村人の間に塩売りのことがひそかな話題になっていることを耳にした。道で出会った中年の男は、

「今年も塩を売りに行かねばならぬのかな」

と、山路《やまみち》の方に物憂《ものう》げな眼を向けてつぶやくように言った。

例年、二月下旬になると、冬季の間に焼かれた塩が隣村まで運ばれ、穀物と交換される。が、家々には米俵が積まれていて、わずかな雑穀を得るため塩を売りに行く必要もないはずだった。

塩は重く、山路をたどって峠を越えてゆくことは村人にとって苛酷《かこく》な労働であった。つまずいて足を骨折した者もいる。早朝から日没まで歩いても、隣村に達するには三日間を要した。

伊作の家では母がそれに加わるが、さすがの母も、伊作が、

「塩売りに行きたくないという者が多いようだね」

と言っても、ただ顔をしかめて黙っているだけであった。

海が荒れた日、村おさの家に寄合いがあり、伊作も足を向けた。土間には男や女が集っていた。村おさは、炉端に坐《すわ》り、傍に坐っていた老人が腰をあげ、伊作たちの前に立った。

「明日の夜明けに塩売りに行け。お前たちの中には塩売りに行くのをいやがっている者がいるようだが、愚しいにも程がある。毎年売りに行くのに、もしも今年だけ行かぬとしたら、隣村の者はどのように考える。穀物を必要としないなにかが手に入った、と思うにちがいない。お船様のお恵みをうけたことが知れてしまうではないか。そう

とは思わぬか」

老人の声は、憤《いきどお》りにみちていた。

土間に集った者たちは、顔色を変え、へい、へい、と神妙な表情でうなずいた。

老人は、無言で村人たちを見まわした。

「それでは明朝、出発しろ。ただし、持ってゆく食物は黍《きび》の団子と魚の干物《ひもの》だけだぞ。米など一粒も持ってゆくな。飢えに苦しんでいる様子をくずすな」

老人は、再び鋭い眼をして言うと、炉端にもどった。

村人たちは散り、伊作は家に引返した。そして、母に老人の言葉を伝え、

「今年は、おれが行く」

と、言った。

「お前のような力なしに、塩がかつげるか」

母は、腹立たしげに顔をしかめた。

米俵をかつげなかった時の屈辱感がよみがえった。その折、母は意気地なしと笑いながら言ったが、力なしという母の言葉には、蔑《さげす》みと苛立《いらだ》ちが感じられた。

翌日、母は丑《うし》の刻《こく》（午前二時頃）に起き、黍で団子を作って、サンマの干物とともに昆布で包んだ。そして、寅《とら》の刻《こく》（午前四時頃）には足ごしらえをし太い杖《つえ》を手にし

て家を出た。

伊作は、家の前に立って村おさの家から出てきた塩売りの列を見つめた。空が青みをおびはじめていた。塩をつめた俵を背に、人々は杖をつき、一歩一歩足をふみしめて道を進んでゆく。鉢巻をしめた母の姿もみえた。硬直したような足の動きに、塩の異常な重さが察しられた。

列が山路にかかった頃には、朝の陽光が海面の一部にひろがりはじめていた。

やがて、列は、雪の所々残る路を林のかげに消えていった。

七日後の午《うま》の刻《こく》過ぎ、山路に人の列が湧《わ》いた。伊作は、村人たちと山路を急いだ。それに気づいたらしく、列はとまった。

かれらは荷をおろし、路上に坐りこんだり仰向けになったりしている。伊作は、母に走り寄った。衣服の肩の部分に血がにじみ、足の豆がつぶれて土まじりの血がこびりついている。唇は粉をふいたように乾き、胸を波打たせていた。伊作は、村人たちと俵を天秤棒《てんびんぼう》でかついだ。母たちは立ち上ると、足をふらつかせながら山路をくだった。

穀物の俵が、村おさの家の庭に積み上げられた。母たちも、杖を曳《ひ》きずって土間に入り、膝《ひざ》をそろえて坐った。

伊作は庭に立っていたが、土間の空気が異様なものであることに気づいた。土間に坐った者たちは、こわばった表情で口々に村おさになにか言っている。立った村おさの顔は、少し青ざめていた。

やがて、伊作たちも、事情がのみこめるようになった。塩売りの者たちが、隣村の口入れ屋を兼ねた塩買いの商人のもとに行くと、そこに来ていた二人の男から質問をうけた。男たちは、島の南端にある西廻り船の出入りする港の回船問屋の者たちで、行方知れずになった千二百石積みの船の消息をさぐるため隣村にやってきたという。その船は、前年の暮れ近くに米と瀬戸物を満載し順風にのって出帆した。やがて海は大時化《おおしけ》になったが、船頭は荒海を何度も乗切った老練の者で、問屋の者たちも気遣うことはしなかった。ただ、船がその春、腐った木材部分と錆《さ》びた鎹《かすがい》を取り換えるなどの大修理をほどこした、新造してから十三年目の婆丸《うばまる》と俗称される古船であることが難点と言えた。

船は、島の西海岸沿いに北上したはずだが、目的の港に姿を見せず、他の港に避難した気配もなく行方知れずになったという。誠実な船頭の性格からみて、積荷を盗むため船で逃亡したなどということは考えられず、遠く沖に吹き流されて沈んだか、それとも海岸に坐礁《ざしょう》し砕かれたかのいずれしかないと判断された。

もしも、船が岸に打ち上げられていたとしたら、積荷の一部は回収できる。その範囲は島の西海岸に限定されると推測されたので、回船問屋は二人の男を送り出したのだという。

その船が行方知れずになったのは、お船様のやってきた時期とほぼ一致していたが、村の岩礁にのしあげたのは三百石積みほどの船で、男たちが消息を探っている船とは別の船であることはあきらかだった。しかし、たとえ船はちがっていても、かれらが船の行方を追っていることは、村に大きな災厄を招くおそれがあった。

伊作たちは顔をこわばらせ、土間の入口に身を寄せ合って村おさの顔を見つめていた。

村おさが炉端にもどると、村の重だった者たちと、低い声で言葉を交しはじめた。

村には、お船様のあたえてくれた品々が残され、船材は山の樹林の中に運びこんであるが、米をはじめ積荷が家々に配布されている。もしも、男たちが案内の者と村にやってきて家々をのぞけば、それらを眼にすることは容易で、村人が分不相応な品々を持っていることをいぶかしむ。そして、かれらは、村人が破船した船の荷をかすめ取ったと断定するにちがいなかった。

その事実は役人にもつたえられ、役人がやってきて村人を捕え、きびしい吟味をするだろう。それによって、お船様を招き寄せる古くからの村の仕来《しきた》りも露見する。それが現実となれば、村おさをはじめ多くの者が苛酷な方法で処刑され、それは女、子供にまで及び、村は消滅するだろう。回船問屋の男たちが、隣村にやってきて、しかも塩売りに行った村人に船の消息を問うたことは、村が破船した地域の一つとして推測されている証拠に思えた。

村おさと話し合っている男たちの顔は、一様に青ざめていたが、かれらの中には激しくふるえる膝を両手でおさえている者もいた。その姿を眼にした伊作は、自分の体にも急にふるえが起るのを意識した。

小柄な村おさがなにか言うと、長身の老人がうなずき、立つと土間に近づいてきた。

「よくきけ。お船様があたえて下さった物は、一品も残さず山中にかくせ。仮小屋を建てて保存することになるが、まず品物を急いで運べ。小屋を建てるのは、その後だ」

老人の声は、うわずっていた。

土間に坐っていた者たちは、頭をさげて立ち上り、小走りに家の方へ引返していった。

伊作は、腰をあげた母の後からついていった。母は、杖をついて足をひきずりながら歩いてゆく。肩と足の皮膚の破れた母が、休息もとらず米俵を運ぶのかと思うと、自分の乏しい体力が情なかった。

母は、家の中に入ると、土間に積まれた米俵の前に体をかがめ、かつぎ上げた。さすがに重量がこたえるらしく、おぼつかない足どりで裏口から外に出た。伊作は、種油の壺《つぼ》と醤油《しょうゆ》の入った桶《おけ》を手に、母の後に従った。

母は、足をふみしめながら裏山への狭い路を緩慢な動きでのぼってゆく。時々足をとめて息をととのえ、足をふみ出す。伊作は、今にも母の背骨が折れでもするようなおそれをいだいた。

両側に樹林がひろがり、母は路から林の中に足をふみ入れた。南斜面で、陽光が木の間から洩《も》れ、わずかな空地に桃の花が咲いていた。母は、大きな岩のかげに俵をおろした。腰をおろし、流れる汗も拭《ふ》かず息をあえがせている。

「斧《おの》で樹《き》を切り、土台を作れ」

母は、腰をあげると、山路の方へもどって行った。

伊作は、家に引返すと酒をみたした桶と斧、鉈《なた》を手に樹林の中へ入った。樹幹に斧の刃をたたきつけ、樹を倒すと鉈で枝をはらい、岩かげに横たえた。樹木が数本並べられ、母はその上に米俵を置く。使いかけの八俵目の俵が積まれたのは夕刻近くで、伊作はその上に蓑《みの》や蓆《むしろ》をかぶせた。

その夜、母は高熱を発した。皮膚の破れた肩と足に伊作は薬草を貼《は》ったが、その部分から膿《うみ》が流れ出ていた。母は歯を食いしばって、時折り呻《うめ》き声をあげていた。

翌朝、伊作は、雑炊を作って寝たままの母や弟妹たちに食事をさせ、弟を伴って山中に入った。丸太を組んで仮小屋作りにはげんだ。雨露が米俵にあたらねばよいだけなので、組んだ丸太に草ぶきの屋根をつけた。屋根の上に木洩れ陽がゆれていた。

家にもどると、母が炉端に坐って豆をいっていた。

「起きていてもいいのかね」

伊作が気遣わしげに声をかけたが、母は黙っていた。顔色は悪く、頰がこけ、投げ出された足は青黒くむくんでいた。

かれは、土間の隅におかれた薬草を母の傍に置いた。

「村おさ様の家に行き、家の中の米は一粒残らず山中に運び、仮小屋も作りましたとお報《しら》せしてこい」

母が、豆をいる手をとめずに言った。

かれはうなずき、家の外に出た。西の空が茜《あかね》色に染まり、海面はかがやいている。空の色が、打ち殺した水主《かこ》たちの血を連想させた。

かれは、足早やに村道をたどった。

翌日から村に、無気味なほどの深い静寂がひろがった。打ち上げる寄り物の多い季節だが、磯に出て拾う者はなく、子供たちも大人たちの気配を察したらしく村道で遊ぶ姿もみられない。米その他をすべて山中に運びかくした村人たちは、息をひそめるように家にこもっていた。母は、傷の手当をしながらも隣村から運んできた雑穀を干したり、機《はた》を織ったりしていた。

伊作は、漁具の手入れをしながら、時折り家の裏口から隣村に通じる山路や海上をうかがった。もしも回船問屋の男がやってくるとしたら、峠を越えてくるか、海岸沿いに船を進めてくるかいずれかであった。監視のため峠の近くと岬の上に見張りを出すという話もあったが、それを気づかれれば疑惑をもたれるという意見もあって取りやめになった。

伊作は、村の男たちが刑罰の方法について話すのを耳にしたことがあるが、その内容は恐しいものであった。縄を打たれて引廻された末、逆磔《さかさはりつけ》にされて内臓がすべて出るまで槍《やり》で突かれる。また、鋸引《のこぎりび》きにされた上、磔にされる処刑もあるという。もしも、船荷を奪い水主を打ち殺したことが知れれば、自分たちもそのような苛酷な方法で殺されるにちがいなかった。

村外へ通じる路は一つしかなく、隣村へ行くには、山腹にわずかに刻まれた路をたどり、いくつかの谷を渉《わた》り峯《みね》を越えねばならない。父が年季奉公に売られた時、伊作は父を見送るため初めて隣村に行ったが、その折の印象は眼のくらむような強烈なものであった。家々が軒をつらね、商品を売る店や旅人を泊らせる二階建の家もあった。道を人が往き交い、話にだけきいていた牛が荷を背にくりつけて通り過ぎたりした。港には、漁船以外に荷船もみえた。かれは、せわしなく眼を動かしながら宙をふむように歩き、激しい疲労をおぼえた。

周旋人の家の土間で一泊してもどったが、再び峠を越えて山路から村を見下すことができた折の深い安らぎは忘れられない。かれは、村以外に自分の生きる場所はないことを実感として感じた。

回船問屋の男たちが、行方知れずになった船の行方を探っているという話を聞いてから、隣村が為体《えたい》の知れぬ恐しい地に思えてきた。隣村は島の一部で、さらにその島も海を越えた果しなく広い地に属しているという。それらの地には一定の掟《おきて》があり、村の古くからうけつがれてきた定めとは異ったものらしい。

稀《まれ》なことだがお船様がやってくるのは、思わぬ魚の群れが海岸線に押し寄せてくる現象や、山中で茸《きのこ》、山菜などが大量に採れることと共通している。その訪れは、海があたえてくれる恵みであり、それによって村の者たちは辛うじて飢えをまぬがれてきた。お船様の訪れは、村にとっての最大の慶事だが、隣村をはじめ他の地の者たちには極刑に値する悪事らしい。もしも、お船様の到来がなければ、とうの昔に村は消滅し、ただ岩礁のひろがる海のある地にすぎないものになっていただろう。先祖がこの地に生き、自分たちも生活してゆけるのは、お船様の存在によるものなのだ。

村の死者は、海の彼方《かなた》に去り、時を得てその霊が村の女の胎内にやどるというが、霊は村以外に帰る地はない。慶事が悪事とされる定めの異った地にもどるとすれば、ただ戸惑うばかりだろう。今後、所帯を持てば、当然、塩売りなどで隣村におもむかねばならぬが、出来るかぎり足を向けたくない。秩序立った定めの守られている村に、身を置いていたかった。

かれは、時折り自分の死を思うことがあった。体が焼かれ、骨が土中に埋められる。霊は、火葬されると同時に村をはなれ、沖へと向う。それは、おそらく長い旅で、遠くへだたった海の彼方の村の死者たちの霊が寄り集っている場所にたどりつく。深い海底に霊たちの集落が営まれ、すべてが明るく透き通っている。みずみずしい色をした藻が、樹林のように密生してゆらぎ、岩には富士壺やさまざまな彩《いろど》りをした貝が螺《ら》鈿《でん》でもされたようにはりついている。

群れをなした小魚が銀鱗《ぎんりん》を光らせて泳ぎ、先頭の魚が反転すると、それにつづく魚も一斉に身をひるがえす。雪片の霏々《ひひ》と舞う情景に似ている。

海底は常におだやかで、水温も一定している。霊は、水母《くらげ》のように透けた衣服を身につけ、髪の色も冴《さ》えざえとした光沢をおびている。霊は、顔に笑みを絶やさず、言葉も発しない。かれらは、死の深い安らぎに身をゆだねている。その中に、おぼろげな記憶しかない祖母と一昨年の暮れ近くに死亡した妹のてるの姿もある。背後に立っているのは、先祖たちにちがいない。

かれは、近づき、てると並んで立つ。いつの間にか自分の体にも透明な衣服がまとわれ、顔に柔和な笑みがたたえられているのに気づく。ほのぼのとしたいい気分だ。

時に、霊がゆらぐようにはなれ、人々はそれを見送る。遠ざかってゆくのは、村へ霊帰《たまがえ》りする霊で、村の男女の性の営みによって女の体に胎児として宿る。霊帰りするのは、いつのことか。それは、おそらくかなりの歳月をへた後のことだろう。

かれは、自分も母の胎内にみごもった霊帰りの霊であったことを信じて疑わない。海の彼方の霊の集落も、単なる空想の産物ではなく、過去に身を置いていた場所なので、よく記憶しているのだろう、と思う。

かれは、死んだ後も安住の地があると思うと、死をことさら恐れる気持はない。が、村以外の地に引き立てられ殺された折には、自分の霊が村の死者の憩《いこ》う場所にゆきつくことができるとは思えない。おそらく見知らぬ険しい眼をした死者のひしめく地獄に突き落されるにちがいない。

もしも、回船問屋の者が村にきて、坐礁した船の積荷を村人たちが奪ったことを知れば、村人たちは捕えられて殺され、死後の安息を得ることさえできなくなる。かれは、回船問屋の男たちが姿を現わさぬことを願った。


山中の雪もとけはじめたらしく、雪崩《なだれ》の音がとどろき、その度に家はふるえた。村の中を流れる小川の水は増量し、勢いよく走っていた。

三月に入ると山腹の雪も消え、遠い峯に雪の輝きがみえるだけになった。山路《やまみち》に人影はみえず、海に船も現われなかった。

村おさは、重だった者を集めて話し合いをした末、二人の男を隣村へむかわせることになった。回船問屋の男たちがどのような動きをしているかということと、村に疑惑の眼がそそがれているかどうかを探るためであった。

翌早朝、男たちは、あたかも魚の干物《ひもの》を売りに行くように干物をつめた俵を背にして、山路をのぼっていった。健脚の男たちなので、かれらの姿はすぐに樹林のかげにかくれていった。

村人たちはひっそりと日を過し、男たちの帰りを待った。

五日後の日没が迫った頃、男たちはもどってくると、足早やに村おさの家へ入った。伊作は、村人たちと村おさの家の前に行った。

男たちのもたらした報せは、村おさたちに安堵《あんど》をあたえた。かれらは、塩買いの商人の家に行って干物と雑穀を交換した。その折、さりげなく商人の家に寝泊りしていた回船問屋の男たちの消息をただした。商人の話によると、男たちは、すでに回船問屋のある島の南部の港に帰ってしまったという。かれらは、港に入ってくる船の船頭や海岸線の村々からくる者たちから行方知れずになった船の消息をききまわっていたが、これと言った手がかりを得ることもできなかった。

「おそらく悪風に吹き流され、沈んでしまったにちがいないのさ。奴《やつ》らも諦《あきら》めて帰っていった」

商人は、関心もないような口調で言った。

その話は、村おさの家の前に集った伊作たちにもつたえられた。村人たちは、明るい眼を交し合った。村を災厄におとし入れる危険はなくなったのだ。しかし、村おさは、米を山中から家に運びこむことを許さなかった。念のため警戒することをつづけるべきだと考えたようだった。

村人たちの顔に、生色がもどった。が、かれらは、習慣になったように山路に眼を向けたり、沖に視線をのばしたりしていた。

三月中旬、豊漁祈願の行事が浜でもよおされ、その日、村おさの許しが出て米俵が家々に運びこまれた。その夜、村人たちは待ちかねたように米を炊《た》き、伊作の家でも粥《かゆ》が煮られた。伊作は、母と少量の酒も飲んだ。

翌日から、かれは磯吉と舟を海に出した。釣れるのは小魚ばかりであったが、四月に入ると回游《かいゆう》してきた大鰯《おおいわし》がさかんに釣れるようになった。糸がからむので二人で釣ることはできず、かれは、磯吉に櫓《ろ》をまかせて鰯釣りに専念した。むろん、磯吉は未熟で、岩礁《がんしょう》が近づくと伊作が櫓をとり、舟を岩礁からはなさせる。磯吉の手の皮膚はやぶれ、血がにじみ出ていた。

鰯の魚影は例年にも増して濃く、舟の上からも銀色に光る鱗《うろこ》が群れをなして素早く走るのがみえた。鰯が密集して海の色が変り、時には海面が広範囲に波立つこともあった。釣糸にいくつかの鉤《はり》をつけて海中に垂らすと、すぐに糸がひかれる。ほとんどの鉤に鰯がかかっていて、それを鉤からはずすのがもどかしい程であった。

夕方、浜にもどると、桶《おけ》に鰯を入れて家へ運びこみ、母は串《くし》にさして火にかざした。脂《あぶら》のりはきわめてよく、脂がしたたり落ちるたびに炎があがる。熱い鰯は、この上なく美味なものに感じられた。

母は、鰯を開き、幼い妹のかねに手伝わせて縄に吊《つる》し、干した。気温があがり、樹葉の緑が山肌をおおった。

村の男たちは、一斉に舟を出していたが、前年とは少し異った変化がみられた。夜明け頃に出漁するのが常だが、陽光が海面にひろがった後に浜をはなれる舟もある。漁を終えるのも早く、日が傾きはじめた頃には匆々《そうそう》に浜にもどる。体に故障があると言って舟を出さぬ男もいた。

「人間には、心のたるみが一番恐しい」

母は、炉の火に薪《まき》を加えながらつぶやくように言った。

漁に手抜きをする男たちは、お船様のもたらした食料に気持の安らぎを感じ、漁に対する熱意が薄らいでいるにちがいなかった。漁獲物はすべて家族用にあて、雑穀と交換する量を確保する必要もない。幸い鰯は豊漁なので、漁をする時間が少くてもかなりの量が得られ、骨休みをして舟を出さなくても事足りた。

伊作も、その男たちと同じように骨休めをしたかったが、母の言葉を思うとそのような素ぶりもみせられなかった。

海は凪《なぎ》の日が多く、煙るような雨が終日降ることもあった。そのような日でも、伊作は磯吉と海に出た。母は、畠《はたけ》の土を起し、菜物《なもの》の種をまいた。海上からは、傾斜地に作られた段々畠に女たちの姿がみえ、伊作は、民の家の畠に動く菅笠《すげがさ》に視線を据えていた。

四月中旬、伊作は、近くで舟を浮べている男に声をかけられた。男は、山路の方を見ろという仕種《しぐさ》をしている。

伊作は、男のただならぬ気配に、釣糸を手にしたまま山路に眼を向けた。背筋に冷いものが走った。二人の男らしい人の姿がみえ、ゆっくりと山路を村の方向に歩いてくる。遠くてよくはわからなかったが、こちらに顔を向けているようだった。回船問屋の男たちではないだろうか、と思った。船探しを断念して帰っていったというが、諦めきれず再び隣村に腰を据え、山路をたどってきたのかも知れない。米俵その他はすでに家に置かれているし、村に縁のないそのような物があるのに気づかれれば、船荷を奪ったことも露顕する。

伊作は、体に激しいふるえが起るのを感じた。

近くの舟を振返った。男は伊作を見つめ、遠くの舟に乗る者も山路に眼を向けている。かれは、再び山路を見上げた。山路を動いている二人の姿は、路ぎわにひろがる樹林のかげにかくれていった。

舟が浜に向いはじめ、伊作も、磯吉の手から櫓をとると、勢いよくこいだ。米俵を山中に移す余裕はないが、蓆《むしろ》でもそれをおおいかくさねばならぬ、と思った。

舟が浜に続々とつき、かれも舟を砂地に曳き上げると家に走った。磯に出ていたはずの女や子供たちの姿は、すでになかった。

土間に走りこむと、母が米俵に蓆をかぶせ、さらにその上に薪を積み上げていた。かれは、母と酒、白糖、醤油などを入れた壺《つぼ》や桶《おけ》をかかえて裏口から出ては、竹藪《たけやぶ》の中にかくした。

伊作は、家のかげから山路の降り口をうかがった。樹林の梢《こずえ》に風が渡って、ゆらいでいる。陽光は鈍い。波の音がきこえるだけで、村の中には深い静寂がひろがっている。村人たちが家の中で息をひそめているのが感じられた。

樹林の幹の間に動くものがみえ、やがて降り口に二人の男の姿が現われた。一人は長い杖《つえ》をつき、他の一人が付き添って路をくだってくる。杖をついた男の片脚は、中途から断たれていた。

伊作の眼に、いぶかしそうな色が浮んだ。回船問屋の者にしては、不似合な男たちに思えた。脚の不自由な男を村に派遣するとは思えない。それに、服装がひどく貧しく、身につけているのは襤褸《ぼろ》に近いものであった。

二人の男は、路をくだってくると足をとめ、村をみつめ、海に眼を向けていたが、崩折れるように土の上に膝《ひざ》をついた。背を波打たせている姿は、泣いているようにもみえた。

背後に立っていた母が歩き出し、伊作もそれに従った。家々から男や女が村道に出て、山路の方に歩いてゆく。伊作の胸には、二人の男に対する警戒心がほとんど薄らいでいた。

村人たちは男たちに近寄っていったが、その中から走り出した一人の女が、杖を手にした男にしがみついた。

「だれかが年季明けで帰ってきたらしい」

母が、急に走り出した。

父はまだ年季が一年近く残っていて、父であるはずはない。かれは、母とともに村人たちに走り寄った。

泣き声がみち、その中に二人の男が坐《すわ》っていた。顔は赤黒く、頬がこけている。伊作の見知らぬ男たちで、二人とも四十歳を越えているらしく一人は髪が白く、他の男の頭は禿《は》げ上っていた。

二人の男は、村人たちに抱きかかえられるようにして村道を進み、村おさの家の坂道をのぼっていった。

かれらは、十年の年季明けで帰ってきた者たちであった。二人の老いこみは村人たちを驚かせたが、それは奉公先の仕事の苛酷《かこく》さをしめすものであった。杖をついた男は、積雪期に山中に入って樹木の伐採をし、材を運びおろす途中、崖《がけ》から落ちた。頭を打って意識を失っていたが、姿がみえぬことをいぶかしんだ者たちが、二日後に雪に下半身を埋れさせているかれを見出《みいだ》した。落ちた折に負った傷は癒《い》えたが、雪におかされた左足が先端から腐りはじめた。それは死にもつながる現象なので、足の膝上から切断したという。不具にはなったが、死ぬこともなく帰村できたことは幸運というべきであった。

父の年季奉公先も、かれらと同じ港町で、母は、その夜、父の安否を問いに男の家へ出向いていった。

母は、半刻《はんとき》ほどしてもどってくると、酒を椀《わん》にみたして炉端に坐った。

伊作は、こわばった母の表情に不吉なものを感じた。年季明けで村に帰ってきた男が、父について好ましくない消息を母につたえたのかも知れない。もしかすると、父はなにかが原因ですでに死亡しているのかも知れぬ、と思った。

かれは、酒を飲みはじめた母に恐るおそる近寄った。

「父ちゃんは、どうしていると言っていた?」

「元気だと……」

母は、炉の火に眼を向けたまま低い声で答えた。

伊作は、深い安堵を感じ、炉端に坐った。

「骨身惜しまず働くので、回船問屋の人からも眼をかけられているそうだ。村から身売りをして行った者たちは、父ちゃんにはげまされ、力づけられている。ただ、父ちゃんは、家のことを気づかい、みな達者でいればいいが、と言っていたと……」

母は、酒を口にふくんだ。

末妹のてるの死が思われた。母は、てるを死なせてしまったことを、父にすまなく思い、自分の無力を情無く思っているのだろう。母は、その悲しみを酒でいやそうとしている。

伊作は、無言で炉の火を見つめた。海の彼方の海底で、透き通った衣服を身につけ、おだやかな笑みを浮べて立ってるの姿が想像された。てるの死は母の力の及ばぬことであり、幼いながらも寿命というべきなのだろう。てるは死亡しても、先祖の霊とともに安んじて海の沖合で日を過し、決して孤独ではない。

「父ちゃんも、来年の春にはもどってくる。あと少しの辛抱だよ」

伊作は、火に薪を加えながら言った。

母は口をつぐんでいたが、徐《おもむ》ろに酒の入った椀を伊作にさし出した。

受け取った伊作は、眼頭が熱くなるのを感じた。父が身売りをして去ってから、初めてみせた母の情愛のように思えた。自分を頼りになる存在だと認めてくれているのを感じた。

かれは、酒を一口飲むと椀を母に返した。

磯吉が、寝言を言いながら寝返りを打った。母は、椀を手にしたまま炉の火に淡く浮き出た磯吉の顔を見つめていた。

鰯が去り、烏賊《いか》が釣れるようになった。家々では、スルメづくりがさかんにおこなわれた。お船様の恵みによって村人の一部にひろがっていた怠惰な空気も徐々に薄れ、村人たちは、季節の移り変りにともなう生活のリズムをとりもどしたようだった。

凪《な》いだ日の早朝には船が連るように浜をはなれ、磯には貝や海草をとる女や子供たちが点々と散っていた。

海が荒れた日、かれは、浜で舟の手入れをした。年季明けでもどってきた男が浜におりてくると、砂地に杖を置いて坐り、海に眼を向けた。

伊作は、手の動きをとめると、男に近づき、傍にしゃがみこんだ。そして、父の名を口にし、息子だと言った。

男は、好意にみちた眼を向けてきた。

「父ちゃんは、達者だそうで……」

伊作は、男の表情をうかがった。

「達者だよ。鋼《はがね》のような体をしているから、風邪もひかぬ」

男の言葉に、伊作はうなずいた。

「年季の仕事はきついのだろうね」

「きついさ。奉公しているおれたちは買われたものなのだから、雇主はこき使うのだ。ただ、死なれたりすれば、それだけ損をすることになるので、飯は欠かさず食わせてくれるが……」

男は、港町での労働の辛《つら》さを思い出すらしく、皺《しわ》のきざまれた顔をゆがめた。

「父ちゃんは、家のことを気づかっていたようだね」

「お前たちのことを口にしたのは、おれたちが港町をはなれる時だけだった。ふだんは、なにも言わぬ。他の者たちの気持がくじけることを恐れているのだろう。他の者の面倒をよくみてくれている」

男は、海に眼を向けた。

白い髪が風になびき、半ば欠けた足に砂がふりかかっている。十年間の年季奉公で、男の体は老いにむしばまれてしまっているらしい。

「お船様が来た後に村へ帰れて、幸せだ。米も食った、酒も飲み、莨《たばこ》もすわせてもらった。村おさ様は、しばらくは養生せよと言って下さったが、体の疲れがとれたら、海に出たい」

男の眼には、嬉《うれ》しそうな輝きがやどっていた。

伊作は、父が村にお船様の訪れがあったことを知れば、どれほど喜ぶだろうか、と思った。父だけではなく他の身売りをした者たちも、残してきた家族が飢えからのがれられたことを知り、気も楽になるにちがいない。

かれは、男と沖に眼を向けていた。

数日後、片足の欠けた男とともに帰ってきた男が、死んだ。朝、家族が寝藁《ねわら》の中で冷くなっているのを見出したのだ。労働から解き放たれた気持のゆるみか、それとも衰弱しきった胃の腑《ふ》に米をはじめとした食物がなじまなかったのか、夜の間にひっそりと息絶えたようであった。

通夜《つや》の席で片足の失われた男のみせた激しい悲嘆は、人々の涙を誘った。港町を出てから野宿をかさねながら村にたどりつくまで、死んだ男は、杖をつく男の世話をして山を越え、谷を渉《わた》ってきた。その行為がしきりによみがえるらしく、

「おれが代りに死んでやりたかった」

と、泣きながら、死人柱にくくりつけられた遺体にしがみついてはなそうとしなかった。

翌日、遺体が棺におさめられ、墓地にはこばれた。男は、杖をついて山路をのぼり、棺が火につつまれるとその前に腰をおとして泣いていた。

村人たちは、喪に服した。かれらの中には、死者になった男が村にもどってから死んだことは、むしろ幸せだったという者もいた。たしかに、奉公先で死ぬ者は多く、男が村の土をふみ家族とも会うことができたことは幸運と言えた。

緑の色が濃くなって陽光も強さを増し、干された烏賊には蠅《はえ》がむらがった。

例年通り、女たちが連れ立ってスルメを隣村に売りに行き、母もそれに加わった。その中には村の重だった男が二人まじっていて隣村の様子を探ったが、村に対する疑

いをいだいている気配がないことを村おさに伝えた。

村には、おだやかな空気がひろがった。海を船が過ぎることがあったが、村人たちは警戒することもなく、船を見送った。

烏賊の餌食《えぐ》いがおとろえると、梅雨が訪れた。時には、かなりの雨が降る日もあった。

海が波立った日、伊作は、早朝に磯吉と裏山にのぼっていった。空を厚くおおっていた雲の一郭が切れ、鈍い陽光が山路にひろがっていた。樹林の奥に入ると、シナの樹皮をはがしてまわった。お船様に布類は積まれていず、どこの家の者もシナを採りに山へ入っていた。母は、その年の早春までに父の布を織って着物に仕上げていたが、子供たちの衣類も作りたいようだった。

かれは、採取した樹皮を背当てにくりつけ、磯吉の背にも負わせた。

樹林を出ると、山路をくだった。野鳥の囀《さえず》りがしきりで、鶯《うぐいす》の声もきこえる。日はまだ高く、磯吉と二人でシナ採りをしたため仕事が予定より早く終ったことに満足していた。

咽喉《のど》のかわきをおぼえ、近くの渓流の岸辺で休息をとることを思いついた。磯吉をうながして背負った物を山路におろし、石をふんで傾斜をおりていった。瀬音が近づき、樹幹の間から水の輝きがみえた。

かれは、足をとめた。流れのほとりに人の姿がみえる。磯吉も、それに気づいたらしく樹幹の間をうかがっている。髪を後に束ねた娘と小柄な男の子が、こちらに背を向け、岸辺にしゃがんでいた。体が、熱くなった。娘の後姿は、民にちがいなかった。引返すこともできず、傾斜をくだった。

民が振返り、男の子もそれにならった。男の子は四歳になる民の弟で、民の眼には警戒の色が浮び出ていた。伊作は、ひきつれた笑いをしながら近づいていった。民の弟は、やわらいだ眼をして迎えたが、民のかたい表情は変らない。傍に籠《かご》が二つおかれ、その中には採取したらしい細い筍《たけのこ》が入っていた。

伊作は、少しはなれた渓流の傍にしゃがむと、水をすくって飲んだ。民のことが意識され、水の冷さも感じなかった。

磯吉は、民と弟に近寄り、なにか言葉を交している。伊作は、腰にさげた布を流れにひたし、顔の汗をぬぐった。

「足の爪《つめ》がはがれている」

磯吉がもどってくると、伊作に言った。

伊作は、民に眼を向けた。民は、片足を冷やしているらしく流れにひたしている。

かれは立ち上ると、傾斜を駈《か》け上った。山路をのぼると、左方向に灌木《かんぼく》のまばらに生えた平坦地《へいたんち》がみえた。父と弟切草《おとぎりそう》をその場所で採取したことがあり、足をふみ入れると、摘んで歩いた。

小走りに渓流の岸にもどったかれは、磯吉に手渡し、

「これをよくもんで、傷口にこすりつけろと言え。血がとまる」

と、言った。

磯吉はうなずくと、弟切草を手に民の傍に近づいて渡した。民は、こちらに顔を向けたが、すぐに視線を落すと、草をもんで傷口にすりつけはじめた。伊作は、視線をそらし渓流に眼を向けていた。

やがて、民の立ち上る気配がした。が、かれは眼を向けることもせず、傾斜を民と弟がのぼってゆくのを意識しながら流れを見つめていた。

磯吉は、掌《てのひら》で水をすくって飲み、石に腰をおろして足を流れにつけている。伊作は、再び布を水にひたして顔を荒々しく洗った。

その夜、伊作は眼が冴《さ》えて眠れなかった。渓流で民と出会い、血止めの草を渡してやったことが思い起される。民がそれをどのような気持で受け取ったのかを知りたかった。草をもんで傷口にすりつけたことからみると、少くとも自分の好意を受けいれ

てくれたことはたしかで、それだけで十分だ、と思った。もしも、民と自分が一人ずつで出会っていたなら、民はおびえて逃げてしまったかも知れない。それぞれに弟と一緒であったから自分が好意をしめすことができたし、民もそれを受け入れてくれたのだ、と考えた。

民の体つきには、女らしさが匂《にお》い出ているように感じられた。一歳下の自分よりは、人間としての成熟が増しているようにみえる。民を嫁にすることができたら、と夢みているが、到底かなえられそうには思えない。

かれは、闇《やみ》の中で眼を光らせながら何度も深い息をついていた。

降雨がつづき、家の中も湿りがちであった。母は晴間があると、穀類や魚の干物《ひもの》を蓆《むしろ》にひろげて陽光を浴びさせていた。

或《あ》る日の夕方、家にもどると、母が、

「民が、お礼だと言って持ってきた」

と言って、床におかれた菅笠《すげがさ》を指さした。

伊作は、菅笠を見つめた。お礼とは、血止めの弟切草を摘んできてやったことをさすにちがいなく、民がかれに感謝の念をいだいていてくれたことに顔が染まるのを感じた。

母に自分の表情を見られるのが恥しく、漁具を土間の隅に置くと、裏口から外に出た。細い流れの傍に行くと手足を洗った。民は、自分の笠が古びて破れているのをいつの間にか気づいていたのだろうか、と思った。菅笠は、積雪期に作られるが、民は渓流の傍で出会ってから笠を編み、とどけてくれたのだろう。かれは、胸が熱くなるのを感じた。

母は、民が菅笠をとどけにきた理由をただすこともせず、シナの樹皮の処理をし、内皮を煮たり川に漬けることを繰返していた。糸車をまわして糸を紡《つむ》ぎ、織機《おりはた》の前に坐《すわ》るようになった。

菅笠は、柱にかけられたままであった。かれは、それをかぶりたかったが、母の眼が意識され、ためらわれた。それに、菅笠が貴重なものに感じられ、雨風にさらすのは惜しくもあった。

さんま漁のはじまった日は小雨が降っていたので、思い切って笠を手にし、紐《ひも》を顎《あご》の下でむすんだ。民の手で編まれた笠をかぶっているのかと思うと、血が沸き立つようであった。

烏《からす》ノ鼻の近くで舟をとめると碇《いかり》を投げた。舟べりに莚を浮べ、さらに艫《とも》から莚を流した。磯吉は、初めて見る漁法に眼を見はっていた。

かれは、磯吉とともに舟底に身を伏し、流した蓆を見つめた。前年には、漁の終る頃にさんまを手づかみすることができたが、その折のコツが再びよみがえってきてくれるかどうか、心もとなかった。磯吉の前で恥をかきたくなかった。

十日ほどは日に二、三尾つかむのが精一杯で、一尾もとれぬ日もあった。が、次第に漁獲もふえ、十尾以上を浜に持ち帰れるようになった。

夕刻、浜でさんまを家に運ぶ民の姿を何度か眼にした。民の父は刳舟《くりぶね》作りに長じているが、さんま漁も巧みで、いつもかなりの量を浜に持ち帰った。民は、さんまの入った桶《おけ》を天秤棒《てんびんぼう》でかついで浜からあがってゆく。時折り、伊作と眼があったが、民の顔にはなんの表情もあらわれず、すぐに視線をそらす。かれには、民の気持をつかむことができなかった。

梅雨が明け、暑熱が増した。磯吉の体は日焼けし、髪も潮風に吹かれて乾いていた。

母が大きな樽《たる》二個にさんまの塩漬けを終えた頃、魚影は急にうすれた。村人たちは、前年にくらべてさんま漁が不振だったと話し合っていた。

盂蘭盆《うらぼん》の日は、例年よりもにぎやかだった。家々で米飯が炊かれ、仏壇にも小さな握飯が供えられた。が、母はその日も粥《かゆ》を煮、副食物も若布《わかめ》をゆでたものを食べさせてくれただけであった。

暑い日がつづき、時折り雷雨があった。激しい雨に、村は白く煙った。

烏賊が再びとれはじめ、伊作は磯吉と海で過した。

かれは、時折り村の背後にのしかかるようにつらなる山に眼を向けた。樹々《きぎ》の葉が、真夏の陽光を浴びて濃い緑の色をひろげている。その山肌に細い路《みち》がきざまれ、樹林の中に消えている。来春、その山路に父の姿があらわれるのかと思うと胸がはずんだ。父は達者だというし、足早やに山路をくだってくるだろう。父はてるの死を嘆きはしても、決して母を責めることはない。むしろ、てる一人の死にとどまったことに安堵《あんど》するかも知れない。

父は、家族のことを気づかいながら日を過している。もしも、お船様が到来したことを知ったら、父はどれほど喜ぶことか。

「お船様は、この冬も来るかね」

櫓《ろ》をつかんだ磯吉が、声をかけてきた。

「来るかも知れぬ、それともこれから何年も来ないかも知れぬ」

伊作は、烏賊釣りの手をとめ、烏ノ鼻に眼を向けた。

その岬の上から見下した情景がよみがえった。坐礁《ざしょう》した船に、村の舟がむらがり、荷を浜に運び、船体を解体してゆく。それは活気にみちた動きで、しかも素早く、一種の秩序立ったものにみえた。磯吉の口にしたように、この冬にも同じような情景がくりひろげられるだろうか。それとも、生涯再び眼にすることはできぬかも知れない。岬のあたりには、黒点のように鳥が舞っていた。

7

夏も終りに近づいた頃、村は激しい風雨にさらされた。午《うま》の刻《こく》過ぎから生温《なまぬる》い風が吹き、空に黒雲が走りはじめた。

大粒の雨が落ち、やがてそれは襲いかかる波浪のように密度を増した。さらに日没頃から強風がうなり声をあげて吹きつけ、雨が家の板壁や屋根に音を立ててたたきつけてくる。伊作は、磯吉と垂れ蓆《むしろ》の内側に板を立てかけ、小さな窓も縄で固定した。

かれは、藁《わら》の中に身を横たえたが時折り眠りをやぶられた。風は山の方向から吹きおろしてきていて、折れた枝葉が絶え間なく屋根や板壁に音を立てて当る。家が揺れ、時折り浮き上るような感じもして、屋根が吹きとばされるのではないかという恐れをいだいた。

翌朝、風はまだ強かったが雨はやんでいた。家の外に出てみると、周囲には裏山の樹木の折れた枝が散り、おびただしい葉が濡《ぬ》れた土にへばりついていた。午の刻を過ぎた頃、空に澄んだ色がひろがった。が、波は高く、押し寄せる波頭が陽光にまばゆく輝いていた。

その日から秋の気配が濃くなった。烏賊《いか》の漁獲はさらに増し、海のおだやかな日がつづいた。

母は、スルメ作りにはげんでいたが、妹を連れて山菜採りに籠《かご》をかついで裏山にも入るようになった。雑炊の中に茸《きのこ》が入れられ、山芋の蔓《つる》につらなる実が煎《い》られたりした。一年中で最も食物の種類が多い季節で、伊作は食事をとるのが楽しみであった。

しかし、母は浮かぬ表情をしていた。節約して粥《かゆ》にしていた米も一俵分は食べつくし、二俵目に手をつけていた。母は、米を椀《わん》にすくいかけて少し思案した末、俵にもどすこともあった。残っている六俵余の米がつきれば、再び飢えにおびえる日を送らねばならない。それは、伊作にとっても恐しいことであった。

母は、段々畠《ばたけ》に入ってわずかにみのった穀物を袋に入れて家に運びこみ、石臼《いしうす》で粉に碾《ひ》く。他の女とともにスルメを隣村に背負ってゆき、豆類を背負って帰ったりした。食物の入手できぬ冬季を控えて、母は不安そうな眼をしていた。

茅《かや》の尾花が穂をのばしかけた頃から、蛸《たこ》漁がはじまり、活気を呈した。伊作は、磯吉に鉤竿《かぎざお》を持たせて蛸をかけるコツを教えた。

磯吉は、ようやく櫓《ろ》扱いにもなれるようになっていた。注意深い性格で、岩礁《がんしょう》が近づくと早目に艫《みよし》をめぐらせて舟を遠ざける。体の発育もよく、背丈も急に伸びて、成人した折には伊作よりも大柄な体になることはまちがいないようであった。伊作の言うことには素直に従い、物ののみこみも早い。そうした磯吉が、伊作にはいじらしく思えた。

母は、磯吉を、「磯」と呼ぶ。漁に出ぬ前は幼い子供を呼ぶような口調であったが、近頃は働き手として認めているひびきがふくまれている。磯吉は、口数も少く仕事にはげんでいた。

気温が低下し、どこからやってくるのか茜《あかね》とんぼが姿をみせるようになった。その数はおびただしく、流れるように飛び、至る所に翅《はね》を休めている。いつもの年よりも多かった。

蛸が磯をはなれはじめ、尾花の穂も風に吹かれて散るようになった。

凪《なぎ》の日がつづいたが、海が荒れた日には、伊作は磯吉と冬季の燃料にするため山中に入って枯木や枝を家に運んだ。山路《やまみち》をたどる折、民と会いはせぬかと視線を走らせていたが、他の村人と路で往き交うことはあっても民の姿を眼にすることはなかった。民はシナの布織りをしているのか、それとも竹で細工物を作っているのかも知れなかった。

或《あ》る日、かれは渓流におりてみた。岸に、佐平が枯枝の束を高々と結びつけた背負《しょ》い子《こ》を岩に立てかけて憩《いこ》うていた。振返った佐平の口のまわりには、うっすらと髭《ひげ》がひろがり、大人びた顔になっていた。

伊作は、流れの水を飲み、佐平の傍の石に腰をおろした。あたりには、茜とんぼが飛んでいる。

「今年の漁も終りだな」

佐平が、顔を向けてきた。

伊作は、うなずいた。蛸の漁も前年と同じように少く、今ではほとんど姿を消している。干した蛸を隣村に運んだとしても、わずかな雑穀しか入手できない。

「米は、どれほど食った」

佐平が、うかがうような眼をしてたずねた。

「二俵目に手をつけた。それも七割近くに減っている」

伊作は、気分が重くなった。

「まだその程度か。よほどうまく食っているな。おれの家では四俵目が半分近くになっている。爺様が悪いのだ。いつ死ぬのかわからぬのだから食わせろと言ってきかない。足のむくむ病いにかかって体が衰えているので、わがままを言って困る」

佐平は、顔をしかめた。

伊作は、佐平の言葉を恐しい、と思った。佐平の家族に渡された米は十俵を越えているはずだが、一年もたたぬうちに三俵余の米を食ってしまっていては、あと三年ぐらいしかもたぬだろう。米の味になれると、自然に口にする量もふえがちで、尽きる時が早まるにちがいない。

「おれの所ばかりではない。配られた米の半分以上を食ってしまった家もかなりある。お前の家のように、二俵目に手をつけただけの家は少い」

佐平は、羨《うらやま》しそうな眼をした。

伊作は、あらためて母の思慮深さを感じた。米を炊《た》いたのは、正月と盂蘭盆《うらぼん》に仏前へ椀《わん》に盛って供えた時だけで、それも水を加えて粥にした。母が米を使うのに慎重なのは、父のいない家で子供たちを守って生きてゆかねばならぬ気持が強いからなのだろう。

「今年もお船様がきてくれるといいが……」

佐平が、つぶやくように言った。

「お船様は、つづいてくることがよくあるそうだな」

伊作は、佐平の横顔をみつめた。

「たしかにそうらしい」

佐平は、うなずいた。

二人は、無言で流れを見つめていた。佐平が腰をあげ、枯枝の束を背負った。伊作もそれにならって磯吉と渓流のかたわらをはなれ、山路への斜面をのぼっていった。

紅葉が村をつつみこんだ頃、茜とんぼはどこへ去ったのか姿を消した。海水は冷え、小魚がかかるだけになった。

その年のお船様を招く孕《はら》み女に選ばれたのは、十六歳の小柄な女であった。女は海に注連縄《しめなわ》を投げ、村おさの家で箱膳《はこぜん》を足でくつがえした。が、その力は、前年のくらとは対照的に弱々しく、椀に盛られた食物が床にこぼれただけであった。

紅葉が去り、落葉がしきりになったが、塩焼きははじめられなかった。例年になく凪の日がつづき、お船様を招く時化《しけ》は訪れず、塩を焼く意味はなかったのである。

伊作は舟を毎日のように海に出したが、眼にしたことのない一尺近くの魚がしばしばかかった。それは十年に一度か二度初冬にみられるギンと言われる魚で、名称通り鱗《うろこ》が銀色に光り、小骨が多い。老いた漁師たちは、凪の日がつづくこととギンが多くとれることをいぶかしんでいた。

落葉がやんだ頃、早くも初雪が舞った。ちらつく程度であったが夜になるとかなりの降りになり、翌日は激しい吹雪になった。ようやく海は冬の様相をしめし、波浪の音が村をつつみこんだ。

雪は三日後にやみ、村は雪におおわれた。その夜から、浜で塩焼きの火が焚《た》かれた。

冬季に海は四日荒れ、二日凪ぐ傾向があるが、そのリズムに変りはなかった。凪いだ日には舟を海に出したが、相変らずギンは釣れた。脂《あぶら》は少く淡白で、焼いて食べるよりも庖丁《ほうちょう》でたたくと小骨が切れ、生で食べたり団子にして汁に入れたりした。

伊作は、当番の夜、夕方から夜明けまで塩焼きの火を焚いた。小屋の火に身をかがめながら闇《やみ》の海上を見つめる度に、前年の暮れ近くに岩礁に乗り上げ、かしいでいたお船様の姿がよみがえる。

浜にくだける波がほの白くみえるだけだが、すでにお船様が坐礁《ざしょう》しているのではないか、としきりに思う。家の土間に積まれた米俵の中身が減ってゆくのが心細く、いつかそれが尽きるかと思うと落着かない。自分の家はまだ良い方で、佐平の家をはじめ村の家々の不安は大きいはずだった。米の味になれただけに、それを口にできぬ生活は考えられなくなっているのだろう。

伊作は、闇の海上に眼を向けつづけていた。

雪がしばしば降り、家は深い雪に埋れた。海の荒れた日には、伊作は漁具の手入れをしたり、薪《まき》を割ったりした。磯吉は、裏山に入って罠《わな》を仕掛け、兎《うさぎ》を手にもどってくることもあった。そして、母の手ほどきを受けながら毛皮をはがし、肉をとった。

伊作は、夢現《ゆめうつつ》に人の叫び声をきいたような気がして眼を開けることもあった。前年につづいてお船様がやってきたのではないかと思うのだが、戸外には波の音がきこえるだけであった。かれは激しい寒気に身をふるわせ、再び寝藁の中にもぐりこんだ。

浜での塩焼きがつづけられ、母は明け方に起きて塩運びにも従事した。寒気が例年になくきびしく、積った雪はかたく凍った。海を地廻りの船が通り、沖を藩船が過ぎた。三分帆で波に上下しながら、早い速度で過ぎる船もあった。

年の暮れが近づいた。米の海上輸送も終る時期で、村人たちの顔には諦《あきら》めの色が濃くなった。お船様の訪れが二冬つづいたこともあったというが、それを望むのは贅沢《ぜいたく》というべきだ、と伊作は思った。

年が暮れ、正月を迎えた。お船様の到来する期待は失われた。家々では米飯を炊き、干した魚を焼いた。伊作の家でも、仏前に飯の盛られた椀が供えられ、蠟燭《ろうそく》がともされた。

降雪の中を、伊作は母や弟妹たちと墓詣《はかまい》りをした。母は、掘り起した雪の中からあらわれた墓石に、長い間合掌していた。春に年季の明ける父が、無事に村へもどってくることを祈願しているのだ、と伊作は思った。

その夜も米の粥が煮られたが、それをすすっていた母は、土間に積まれた米俵に眼を向けると、

「父ちゃんは、家に米俵があるのを眼にしたら驚くよ」

と、頬をゆるめて言った。

正月が明けると、冬には珍しい凪の日がつづいたが、一月中旬に再び海が荒れた。伊作は、磯吉と寄り物を拾ったり、薪割りをして過した。母は、蓆を編み、機《はた》を織っていた。

一月下旬、熟睡していたかれは眼をさました。激しい寒気で足が冷くなっている。窓に垂れた蓆に眼を向けたかれは、夜明けが近いことを感じた。

蓆の中にもぐりこんで眼を閉じたが、再び眼を開けた。体をかたくし、蓆の隙間《すきま》から外をうかがった。波の音にまじって、人声がしたような気がした。

空耳かと思ったが、今度ははっきりと人の叫び声がきこえた。獣類の発するような

太い声だった。

かれは、はね起きた。母も弟妹も眠っているらしく身じろぎもしない。立ち上ると炉の埋れ火をおこし、枯枝を添え、薪を加えた。炎がおこり、家の中が明るくなった。かれは、人声をきいたのは錯覚かも知れぬと思い、火に手をかざしながら耳を澄ました。

再び、人声がした。甲高い声で、つづいてオーイという男の声がきこえた。

頭が熱くなるのを感じながら母に這《は》い寄ると、荒々しく声をかけ、体をゆすった。母が、半身を起し、伊作をみつめた。そして、戸外の気配をうかがうような眼をしていたが、人声を耳にしたらしく立ち上った。

磯吉もそれにつづき、あわただしく身仕度をととのえ、蓑《みの》を身につけた。

伊作は、斧《おの》をかつぎ、鍬《くわ》と鉈《なた》を手にした母と磯吉とともに土間から走り出た。空には夜明けの色がひろがり、星の光も消えかけている。水平線がかすかにみえた。人声は、磯の方からしていて、その方向に走ってゆく人の姿がみえる。伊作たちは、膝《ひざ》まで雪に没しながら道を急いだ。

磯の近くの海面に船がみえ、岸辺に村人が寄り集っている。松明《たいまつ》を手にした者もいた。波が磯に寄せ、白い水しぶきがあがっている。

伊作は、村人たちに走り寄った。かれらの間から念仏が起り、船に合掌している者も多い。村おさが、数人の者にかこまれて磯におりてきた。

「お船様です」

塩焼きの当番をしていた金助が、村おさの前に膝をつくとふるえをおびた声で言った。

村おさは、興奮をおさえきれぬようにうなずいた。それまで沈黙していた村人たちの間から、歓声が起った。二冬つづきのお船様の到来が、伊作には信じられなかった。慶事はつづいて起るものかも知れぬ、と思った。

空が明るくなり、船もはっきりとみえてきた。一昨年の暮れにやってきた船より小さく、百石積み程度で、しかもかなり老朽化した婆丸《うばまる》らしかった。堅牢《けんろう》な藩船でないことはあきらかだった。

「鎮《しず》まれ」

指図役の老人が、しわがれた声をあげた。

村人たちは口をつぐみ、海上の船に眼を向けた。

「破船した船ではないようだ」

三艘の舟は、動きをゆるめ、船に横づけになった。

一人の男が、身軽に船に乗り移るのがみえた。そして、船内を見まわしていたが、胴の間にでも入ったらしく姿をかくした。

伊作は、不安になった。流れ船なら危険はないが、船内に水主《かこ》などがひそみ、村の男を打ち殺すことも予想される。男は得物を持っていた気配はなく、船内に一人で入っていったのは無謀だ、と思った。

かれは、村人たちと船を見つめていた。

やがて、男が姿を現わし、小舟にもどった。三艘の舟は、船のかたわらをはなれ浜に向ってくる。村おさが歩き出し、伊作たちもそれに従った。舟は、波にもまれながら浜に近づいてきた。

舟が、相ついで雪におおわれた浜に引き揚げられた。村おさが男たちに近寄り、村人たちもそれにつづいた。

舟から降りた男の一人が、村おさの前に膝をついた。

「積荷は？」

村おさの傍に立つ指図役の老人が、たずねた。

「ほとんどありませぬ。炭俵が三俵ほどと空の米櫃《こめびつ》があるだけで……」

「乗りこんでいる者は？」

「皆、死に絶えております。およそ二十人ほど……。それが、いずれも赤いものを身につけた骸《むくろ》で、死んで間もないらしく腐っているものはありませぬ」

「赤いもの？」

老人が、いぶかしそうに男の顔を見つめた。

「着物も赤、帯、足袋も赤。それに、なぜかわかりませぬが、柱に赤い猿のお面がかけてあります」

男の顔にも、釈然としない表情が浮んでいた。

粉雪が、ちらつきはじめた。伊作は、わずかに揺れている船を見つめた。

「米櫃が空だとすると、船の者たちは飢え死にしたのかも知れぬな」

老人が、船に眼を向けながら言った。

深い沈黙が、ひろがった。

「わからぬ。船に荷を積まず、なぜ海に出たのか」

村の重だった男が、頭をかしげた。

冬の荒れた海をおかして船が航行するのは、米をはじめとした荷を運ぶためである。船頭たちは、長年の経験で気象状況をさぐり、帆をあげる。それは難破の危険にもつながるが、海で生活するかれらの宿命でもあった。

そうした事情から考えて、積荷のない船が海に出ることは常軌を逸している。しかも、乗組んだ者たちが例外なく赤いものを身につけているのも理解しがたいことであった。

「もしかすると、なにか祝いごとの船かも知れぬな」

老人が、ようやく手がかりをつかんだような眼をして言った。

村人たちは、老人の顔に眼を向けた。

「朱の色は、めでたいとされている色だ。長寿の者を祝うのに朱の色の衣服をつけさせ、そのような者が死んだ折には、天寿を全うしたとして棺を赤く塗るという話もきいた。隣の村で、坊様が朱の衣を着ているのを眼にしたことがあるが、位の高い坊様だったようだ」

老人は、淀《よど》みない口調で言った。

伊作は、老人の解釈をその通りにちがいない、と思った。村でも、生まれる子を取り上げる女は、赤いたすきをかけるのが習慣づけられている。それは、出産という慶事に立ち合うからで、朱の色は好ましい色とする考え方が、いつの間にか村人にもしみついている。

「祝いごとの船だとしますと、どのような祝いごとなのでございましょう」

男の一人が、老人の表情をうかがった。

「それはわからぬ。なにかめでたい行事があって、赤い着物を着て船で海に押し出したのだろう。ところが海が突然に荒れて、そのまま沖へ吹き流されてしまったにちがいない。わずかに載せてあった米も食いつくし、寒気と飢えで死に絶えたのだろう。積荷がないことから考えると、そうとしか思えぬ」

老人は、同意を求めるように村おさの横顔に視線を走らせた。

村人たちは黙っていたが、うなずく者が多かった。船は、それまでやってきたお船様とはちがって破船ではない。乗っていた者が死に絶えたので、潮の流れに乗り風に吹かれて漂い流れ、村の湾に入りこんできたのだろう。

伊作は、船に乗っている者の衣服の色が船の性格をそのまましめしている、と思った。日の出の太陽の赤さが思われた。それは、一日のはじめであり、人間が生の営みをつづけられることを意味する輝きでもある。入日の朱も、その日が無事に終ったという安らぎをあたえてくれるし、明日の日の訪れを約束してくれるものでもある。朱の衣服を着た者たちの乗った船の訪れは、村にとって喜ぶべきことにも思えた。

「御指図役様」

船の内部をしらべてきた男が、ためらいがちに声をかけた。

老人は、男に眼を向けた。

「船の中の骸ですが、どれもこれも顔や手足に吹出物の痕《あと》がございます。恐しいほどの痕です」

男は、顔をしかめた。

村人たちは、老人と男の顔に視線を据えた。

「吹出物?」

老人は、いぶかしそうな眼をした。

雪が、急に激しさを増した。老人は、海上に浮ぶ船を見つめた。

「吹出物と言ってもいろいろあるが、どのようなものなのだ」

老人が、もどかしそうに男にたずねた。

男は頭をかしげ、しばらく思案するような眼をしていたが、

「船の中は薄暗くよくは見えませんでしたが、癮疹《かざうるし》(じんま疹《しん》)におかされた時のような吹出物です」

と言って、老人の顔を見上げた。

伊作の傍に立つ男の一人が、

「癘疹だとすると、いたんだ生魚か青魚でも口にしたのだろう。米が尽き、飢えに苦しんでそのような魚を食べたのかも知れぬ」

と、言った。

「しかし、癘疹におかされたとすれば、一日もたたぬうちに痕は消えてしまうはずだ。骸にそのような吹出物の痕が残っているのは癘疹ではなく、他の病いではないのか」

中年の男が、言葉を返した。男は、口をつぐんだ。

「なんの病いにかかった者たちなのだろう」

他の男が、寒気にふるえをおびた声でつぶやいた。

「熱の花かも知れぬな」

老人が、かすかに頰をゆるめた。

伊作には初めて耳にする病名で、老人がなぜ微笑したのかわからなかった。

「熱の花?」

若い男が、老人に眼を向けた。

中年の男が、

「その病いを知らぬのか。隣の村に行った時、おれは何人も熱の花におかされた男をみた。顔や手足に吹出物ができ、そこから膿汁《のうじゅう》がにじみ出ている。吹出物の形が梅や綿の花に似ていて、時折り高熱にも悩まされるので、熱の花と言う」

と言った。そして、船中を探ってきた男に顔を向けると、

「船の中の骸に出来ている吹出物は、赤みをおび、花の形に似てはいなかったか」

と、たずねた。

男は、

「おれも、隣村でそのような男が道の端に坐《すわ》っているのを見たことがあるが、たしかに吹出物の様子はそっくりだ。癮疹とはちがう」

と、しきりにうなずいた。

伊作は、かれらの交す言葉をききながら、自分の知らぬことがまだ多いのをあらためて感じた。隣村には行ったが、そのような吹出物のある男をみたことはない。なにが原因でそのようないまわしい病いにおかされるのだろう、と思った。

数人の男が雪を掘り起し、浜の砂地が露《あら》わになると、塩焼きの仮小屋から枝や薪《まき》をはこび、火をおこした。村おさが炎の前に立ち、伊作たちも、それをかこんだ。

老人が、口を開いた。

「祝い事で船に乗った者たちなのだろうと思ったが、ちがうようだ。おそらく、懲《こ》らしめのための船にちがいない。熱の花は、淫欲《いんよく》が強く、遊び女《め》と楽しむ男がかかる病

いだ。遊び女には湿毒をもつ者が多く、その毒が陰頭から体中にひろがる。熱の花は淫《みだ》らな遊びをした者にあたえられる仏罰で、おそらく町おさか村おさが、吹出物から悪臭を放つ者たちを集めて船に乗せ、沖に放ったにちがいない。船に帆も櫓《ろ》もないのは、海の果てにまで追いやる懲らしめでもあるのだろう」

伊作は、ようやく病いの原因を知った。隣村には家々が立ち並び、道を人や牛が往き交う。金銭を支払えば飲食をさせてくれる家もあり商人の家も多く、金銭さえあればどのような物も手に入る。人々は、不自由のない生活を楽しんでいるようにみえるが、その裏には享楽《きょうらく》の代償として熱の花のような恐しい病いもひそんでいる。老人が熱の花という言葉を口にした時、頬をゆるめたのは、その病いが男女の交合によって起るものだからであることに気づいた。

黙っていた村おさが、指図役の老人に顔を向け、口をひらいた。

「あの船に積荷はなくとも、お船様であることに変りはない。村に来て下されたお船様なのだから、このまま海におもどししてしまっては相済まない」

老人は、神妙にうなずき、

「仰言《おっしゃ》る通りでございます。ただし、岸からみてもおわかりと存じますが、かなりの婆丸で、たとえ船材をとったといたしましても、焚木《たきぎ》ぐらいにしか使えませぬ。船の道具類も目星《めぼ》しいものはないようですが、まず、それを運ばせましょう。価値があるものと言えば、骸のつけている衣類です」

と、答えた。

「吹出物のある骸の衣類をとっても、毒におかされることはないかな」

村おさの細い眼に、気づかわしげな光が浮んだ。

「そのようなことはありませぬ。熱の花という病いは、湿毒をもつ女の玉門に男の陰頭をさし入れる時に毒が移るのです。たとえ吹出物の膿汁や血で汚れた衣類でも、よく洗い清めて使えば害はありませぬ」

老人は、確信にみちた口調で答えた。

村おさは、安堵《あんど》したらしく何度もうなずいた。

「赤い衣など隣村に行った折に見ることができるだけで、まことに贅沢《ぜいたく》なものでございます。いかがでございましょう、幼い子らにあたえ、祝い事に使わせては……。もしかしますと、赤い衣が流れついたのは、大きな吉兆かも知れませぬ」

老人の言葉に、村おさは再びうなずいた。

老人が、男たちに顔を向けると、

「それでは、船に行って骸の衣類をはぎ、道具類をとってこい。それを終えたら、船はそのまま沖に曳《ひ》いてゆき、潮に乗せろ。漂い流れるうちに何度か時化《しけ》に遭い、波にくだかれて沈むだろう」

と、張りのある声で言った。

男たちは頭をさげると、波打ちぎわに走った。押し出された舟は五艘だった。

舟は、波に上下しながらつらなって進んでゆく。雪がさらに激しくなり、舟は降雪の中を坐礁《ざしょう》した船に近寄っていった。

伊作は、斧《おの》を雪の中に突き立てながら舟の動きを見つめていた。

舟が坐礁した船に横づけされ、乗り移った男たちが船内に姿を消すのがみえた。吹出物におおわれた死人の体と、その体にまとわれた衣類をはぐ男たちの姿が思い描かれた。

やがて朱色のものが船の中からあらわれ、五艘の舟に移されはじめた。かなりの量で、男たちは、それらをかかえて舟にいる者に繰返し渡していた。

ついで、道具類らしいものが運び出され、男たちを乗せた舟が坐礁した船からはなれた。五艘の舟は、岩礁の間を縫って浜に引返してくる。伊作たちは、波打ちぎわに集った。

舟が、つぎつぎに浜に引き揚げられた。伊作たちは、男たちから渡される衣類や道具類を村おさの前に運んだ。衣類には吹出物の膿汁から発する臭《にお》いがしみついているにちがいないと想像していたが、かび臭い匂《にお》いがしているだけであった。

指図役の老人が衣類をひろげ、

「布地はしっかりしている。それに、この見事な朱の色はどうだ」

と、満足そうに眼をかがやかせた。

帯、足袋も鮮やかな赤で、伊作は、どのような方法でそんな色に染めることができるのか不思議であった。シナの樹皮で織られる布地と比べてはるかに薄く、目がつんでいて光沢がある。女たちの間から、ひそかに感嘆の声がもれた。道具類は米櫃《こめびつ》、炭俵、木製の火鉢、鍋《なべ》、釜《かま》などで、赤い猿の面もあった。

村おさが、くしゃみをつづけてすると、重だった者とともに浜をはなれていった。老人は、村人たちに衣類と道具類を村おさの家に運ぶよう命じた。

数人の男たちが、家に行って綱を背にもどってきた。そして、それらを舟に載せ、漕《こ》ぎ出した。舟は十艘《そう》であった。

舟が坐礁した船に横づけされ、綱がとりつけられた。男たちがしきりに竿《さお》を手に船を岩礁からはなれさせようとつとめ、やがて船が海上にゆらぎ出た。

十艘の舟が、沖にむかいはじめた。綱が強く張られ、死人を載せた船がひかれてゆく。漁師たちの櫓をこぐ掛声がかすかにきこえ、舟の群れは、降雪の中に消えていった。

坐礁船をひいて沖にむかった舟が浜にもどってきたのは、未の刻《ひつじこく》（午後二時頃）過ぎであった。雪はやんでいた。

浜に出てきた村おさと指図役の老人の前に膝《ひざ》をついた男たちは、船を確実に潮の流れに乗せ、北東の方向に流れ去るのを見とどけたことを報告した。老人は、うなずいた。

村おさが、お船様の到来を感謝する祈りをはじめ、伊作たちもそれにならって海にむかって合掌した。薄陽が雲間からもれ、沖は明るかった。

村おさが合掌をとくと、老人が、

「お船様のお恵み下された衣類は、幼い女児と女にあたえる。これから村おさ様の家で渡す。男にあたえる物はない」

と、言った。

男たちの間に、かすかな笑い声が起った。

村おさと老人が歩き出し、伊作は村人たちとその後についていった。妹と母にも衣類があたえられるのだろうが、鮮やかな朱色の衣類が、家の所有物になるかと思うと気持がはずんだ。

村の重だった者たちが村おさの家にあがり、伊作たちは土間に入った。衣類はきちんと畳まれ、座敷に並べられている。それを眼にした女たちの顔に興奮の色が浮び、喜びをおさえきれず笑顔をみせる女もいた。

老人が村おさに深く頭をさげると、立ち上り、

「衣類は二十三組ある。幼い順から数え、二十三人の幼女に渡す。足袋、帯をどのように分けるか迷ったが、村おさ様が、長寿を祝う朱の色でもあり、老いた女がさらに達者で生き永らえるようにせよと言われたので、年の寄った者から順に渡すことにした」

と、言って村人たちを見まわした。

老人が坐《すわ》ると、三人の男が腰をあげ衣類の傍に立った。

男の一人が、幼女の名を口にすると、他の男が着物を捧《ささ》げ持って上框《あがりかまち》に近づき、膝をついた。幼女の親が進み出て坐り、着物を受け取る。一戸の家で、二、三枚渡される者もいた。かれらは、村おさにむかってひれ伏した。

男の口から、妹のかねの名ももれ、母は着物をおしいただいた。母の眼はかがやき、口もとから歯並みがのぞいていた。

帯、足袋が老婆《ろうば》に渡され、華やかな色に照れ臭そうな笑顔をみせる者もあり、明るいざわめきがひろがった。伊作は、衣類が女たちを異常なほど興奮させているのを感じた。

衣類がすべて渡し終えられると、老人が、再び村おさに頭をさげて立ち上った。

「これでお船様のお恵みを渡すことは終えた。贅沢《ぜいたく》な衣類だから、祝い事だけに使い、大切にして末代まで伝えるように……。それから、衣類は骸《むくろ》のつけていた物だから、よく洗い清めるようにしろ」

老人の言葉に、伊作たちはひれ伏した。

村おさの家を出ると、女たちは急にはずんだ声で言葉を交しはじめた。女たちは、衣類が大人の身につけていたものなので、ほどけば幼女の着物が二枚も三枚もとれる、と言い合っている。老婆の中には、帯を褌《ふんどし》にすると言う者もいて、笑い声が起った。

伊作は、女たちの中にまじって別人のようにいきいきした表情をみせている母に眼を向けながら、雪をふんで家の方に歩いていった。

家にもどった母は、赤い着物を先祖の位牌《いはい》の前に置き、木皿に灯油を少したらして灯明をともした。土間で、磯吉が薪《まき》を割り、かねは遊んでいたが、母が手招きすると、床にあがり、位牌の前に坐った。

伊作たちは、母とともに合掌した。夕闇《ゆうやみ》がひろがりはじめた家の中で、灯明の光がまたたいていた。

母は俵から米をすくい、粥《かゆ》を煮た。

「父ちゃんが帰ってきた日には、赤いべべを着せてやる」

雑炊をすすっているかねに、母が言った。

伊作は、母の念頭から常に父のことがはなれないのをあらためて感じた。春が訪れれば父が三年の年季明けで帰ってくるが、その折にかねに赤い着物を着せて一家そろって出迎える情景が思いえがかれた。燻《くす》んだ家の中で、灯明の光にほのかに浮び上った赤い着物が、家には分不相応なものに見える。その部分だけが明るみ、家の中が華やいでいるように感じられた。

翌朝、海は凪《な》いでいたので、磯吉と漁に出る仕度をととのえた。母は、すでに家の裏手の小川で赤い着物を洗っていた。近くの家の女も衣類を洗っているらしく、母と話し合う明るい声がきこえていた。

伊作は、舟を出し、岩礁の近くで釣糸を垂らした。

磯吉に声をかけられ、視線の方向に眼を向けたかれは、思わず頬をゆるめた。村の所々に朱色のものが点々と干されている。ゆらいでいるのは着物と帯で、赤い木の実のようにみえるのは足袋にちがいなかった。雪におおわれた山の傾斜を背にした村が、彩《いろど》り豊かなものに感じられた。

夕方、浜にもどった頃には朱の色は消えていた。かれは、櫓を肩に磯吉と家にもどった。

着物が、壁にかけられていた。汚れが洗いのぞかれたため一層朱の色が鮮やかで、鈍い光沢をおびている。指図役が末代まで大切に保管するようにと言ったが、たしかに二度と入手できぬ貴重な物に思えた。

磯吉も、着物の前に立って眼を輝かせながら、しばらくの間ながめていた。

8

村は、雪に深く埋れていたが、厳しい冬は去ったようであった。軒に垂れていたつららはいつの間にか消え、小川の水面に水蒸気がゆらいでいることもある。二月に入ると、霙《みぞれ》が降った。

母の話によると、すでに着物をほどき幼女の体に合わせて縫い直しをはじめた家もあるという。母は、やわらいだ眼をして壁に垂れた着物とかねの体を見くらべたりしていた。

海のおだやかな日がつづき、寒気もゆるみはじめた。母は、着物を丁寧にほぐし、かねのゆきとたけをたしかめ裁断した。そして、裁った布をかねの体にあてたりして針を動かすようになった。

例年より春の気配の訪れが早く、村をおおっていた雪がとけはじめた。屋根の雪に亀裂《きれつ》が入り、音を立ててすべり落ちる。村おさは、浜での塩焼きをやめさせた。

翌日の夕刻、漁からもどってきた伊作は、母の口から従兄《いとこ》の太吉の子が高熱を発し、かなり重態であることをきいた。昨年の一月下旬に産まれた女児は、体格のよいくらの子らしく殊《こと》のほか発育がよかった。病気一つせず、磯で寄り物を拾うくらの傍で歩きまわっている姿もよく眼にした。その女児が重態であることが信じられなかった。

「雪どけの時季には、たちの悪い風邪がはやる。少し寒さがしのぎ易《やす》くなったからと言って、薄着になったりしてはいけない」

母は、雑炊の煮え具合をたしかめながら言った。

嬰児《えいじ》は呆気《あっけ》なく死ぬことが多く、親は五歳の正月を迎えるまで気が休まらない、と言われている。死亡するのは冬が多く、冷い潮風が病いの原因になると言われている。太吉の子はくらと磯に出ていることが多かったために、風邪におかされたのかも知れなかった。

翌日は海が荒れ、伊作は、雪をふんで裏山に上り枯木を伐《き》り出し、土間で薪割りをして過した。磯吉も手伝ったが、体がだるいと言ってしばしば鉈《なた》をふるう手をとめていた。

夜になっても風の勢いは衰える様子はなく、海岸に打ち寄せる波の音が家をつつみこんでいた。

夜明け近く、伊作は眼をさました。寝返りを打ち蓆《むしろ》の中にもぐりこんだが、体にかけた莚がかすかにゆれているのに気づいた。吹きこむ風に莚の裾《すそ》があおられているのかと思ったが、呻《うめ》きに似た声を耳にし、莚の中から顔を出した。

炉の炎の光に、仰向きに寝ている磯吉の顔がほのかにみえた。磯吉は眼を閉じているが、体にかけた莚が激しくゆれている。歯が小刻みに鳴る音もしていた。伊作は、ようやく磯吉の莚の揺れが、自分の莚につたわってきていることに気づいた。

「磯、どうした」

伊作は、顔をのぞきこんだ。

「寒くて……」

磯吉が、眼を開いた。声はふるえ、語尾がかすれている。

「今夜は寒くないのに、どうしたのだ」

伊作は、いぶかしそうに磯吉のかけている莚をかけ直してやったが、手にふれた肩がひどく熱い。かれは、磯吉の額に手を伸した。

「大した熱だ」

「体がふるえて……。それに、頭も痛い」

磯吉は、顔をゆがめた。

伊作は、莚の中から這《は》い出ると、炉に薪《まき》を加えた。

「どうした?」

母が、半身を起した。

伊作は、磯吉が高熱を発し頭痛を訴えていることを告げた。

「私の体も、熱っぽい。風邪の病いにとりつかれたらしい。煎《せん》じ薬を作るから湯を沸かせ」

母は、立ち上ると着物を重ね着して磯吉に近寄った。

伊作は、薄氷の張った桶《おけ》の水をすくって鍋《なべ》に入れ、炉の火にかけた。母は、水に濡《ぬ》らした布を磯吉の額にのせた。

湯がたぎってきた。母は、土間におり、壁ぎわの縄から垂れている乾燥した紫蘇《しそ》の葉を持ってくると、湯に落した。葉がひろがり、湯の中で上下する。伊作は、火加減を整えながら、磯吉の顔をうかがっていた。

やがて、母が、茶色くなった湯を椀《わん》にすくい磯吉の半身を起させて飲ませた。体のふるえが椀にもつたわって湯がこぼれそうになったが、磯吉は顔をしかめながら飲み干し、再び身を横たえた。

母は、梅干しの身をひろげ、磯吉の額の両端にすりつけた。

「これで、朝になれば頭の痛みも消える」

母は言うと、自らも煎じ薬を飲んだ。

伊作は、炉端をはなれると、蓆の中にもぐりこんだ。体が冷え足をちぢめていたが、温かみはもどらない。

炉の炎を見ているうちに、いつの間にか眠りの中に落ちていった。


泣き声で、眼をさました。

かねの傍に坐《すわ》っている母の背がみえた。かねが、かすれたような声をあげて泣いている。家の中には、夜明けのほのかな明るみがひろがっていた。

蓆のふるえはやんでいた。かれは、磯吉の顔に眼を向けた。煎じ薬がきいて熱がさがったのか、と思ったが、口を半ば開いて荒い息をしている。額に手をふれると、驚くほど熱い。磯吉は眼を閉じていたが、眠ってはいないようだった。

かれは起き、炉端に行って手を火にかざし、

「かねが、どうかしたのかね」

と、母に声をかけた。

「ひどい熱だ。頭が痛いと言って泣いている」

母は、背を向けたまま答えた。

かれは、立つと母の肩越しにかねを見つめた。顔が赤く、口を大きく開いて泣き声をあげている。冬も終りに近づく頃に流行《はや》る風邪は、家族から家族へとうつり、家中の者が一人残らず寝込むことすらある。が、二、三日身を横たえ煎じ薬をのめば、平癒《へいゆ》するのが常だった。

かれは、土間におりると薪の束をかかえて炉端にはこんだ。そして、いつもの習性で外に出ると海をながめ空を見上げた。風はおさまっていて星の光がうすれ、水平線がかすかにみえる。波もしずまっているらしく、磯に散る水しぶきがほの白く見えるだけだった。

「海はどうだ」

母が、炉の火に鍋をかけながら言った。

「荒れもおさまってきているようだが、磯吉もかねも熱を出しているし……」

「海に出ぬと言うのか。磯吉たちの介抱は私がする。漁師が漁を休んでどうする」

母の声は、きびしかった。二人の子供が発熱していることで、苛立《いらだ》っているようだった。

かれは、海に出る仕度をはじめた。

その日、久しぶりに一人で漁をした。片手で櫓《ろ》を扱いながら釣糸をあやつる。漁師たちの真似《まね》をして足を伸して櫓を動かそうとしてみたが、体の小さなかれには到底出来ぬことであった。

午《うま》の刻《こく》頃、海草につつんだ粟《あわ》の団子を食べた。山の一部に雪煙があがるのがみえ、早くも雪崩《なだれ》がはじまっているのを知った。村の家々の屋根も、ほとんど雪が落ちている。今年は、春の訪れとともに姿をみせる大鰯《おおいわし》の群れが岸に近づくのは早そうに思えた。

声がして振返ると、佐平の舟が近づいてきていた。伊作は、団子を海草の中にくるんだ。

佐平は舟を並ばせると、

「お前の家では、熱におかされている者はいないか」

と、言った。

「いる。磯吉とかねが病み、母親も寒気がすると言っていた」

「やはり、そうか」

佐平は、暗い眼をした。

「どうかしたのか」

伊作は、佐平の顔をいぶかしそうに見つめた。

「熱におかされた者が、かなりいるらしい。おれの妹も熱に苦しんでいる。今日は漁に出ている舟が少いことに気づかぬか。本人か家族の者が病んでいるからだ」

佐平の言葉に、伊作は海上を見まわした。波のうねりが残っているので漁を休む者が多いのかと思っていたが、この程度の波ならかなりの数の舟が出ていてもよいはずであった。

「たしかに少い。たちの悪い流行り風邪なのだな」

かれは、つぶやくように言った。

「お前は、大丈夫か」

佐平が、海上に眼を向けながらたずねた。

「大丈夫だ」

「お互い気をつけよう。潮風は体に毒だ。日が傾くと風も冷えてくるから、早目に浜へあがった方がいい」

佐平は、櫓をにぎり直すとはなれて行った。

心の優しい男だ、と伊作は、佐平の舟を見送りながら思った。偏屈な一面もあったが、年を追うにつれて人柄もおだやかになり、伊作に対しても同じ海で働く者同士の親密感をいだいているような態度をとる。自分も佐平に見習わねばならぬ、と思った。

かれは、昼食をとり終えると、再び魚釣りに専念した。

日が傾きはじめ、艫《みよし》を浜に向けた。佐平の忠告にしたがったのだが、磯吉たちの身も案じられ、早く家へ帰りつきたかった。磯に貝や海草をあさる人影はなく、病いにかかった者が多いという佐平の言葉を裏づけるようで無気味であった。

浜に舟をあげ、櫓をかつぎ、魚を入れた魚籠《びく》を肩に家へ向った。自分の長い影が、砂浜から村道へ動いてゆく。

土間に入ったかれは、家の中に眼を向けた。思いがけず、母も仰向きに寝ていた。

「どうしたね」

伊作は、母の傍に近寄った。

「体が熱くて……。悪寒《おかん》がするので起きていられなくなったんだよ」

母の乾いた唇が、動いた。

早く海からあがってきてよかった、と思った。介抱するかたわら、家事もしなくてはならない。裏口から出て桶に川の水を入れ、その中に雪をすくって入れた。家にもどり、布を水につけてしぼると、母、磯吉、かねの額にそれぞれのせた。薬を煎じ、さらに米を鍋に入れて雑炊を作った。米は病いに効き目があると言われ、このような時には惜しまずに使うべきであった。

磯吉とかねは頭痛を訴え、かねは、かすれたような泣き声をあげている。濡れた布はすぐに温くなり、伊作はその度に布を水につけた。

その夜、伊作は、しばしば眼をさまして母たちを介抱した。母の呼吸は荒れていた。

翌日、熱はさらに高まり、頭痛以外に腰の痛みも訴えるようになった。殊に母は腰痛《ようつう》が堪えがたいらしく、手を当てて歯を食いしばっている。伊作は、漁に出ることはせず介抱につとめた。

午の刻すぎた頃、指図役の老人が、前ぶれもなく二人の男と土間に入ってきた。かれは、横たわっている母たちの姿に眼を向けると、顔をしかめた。

伊作は、土間に下り、膝《ひざ》をついた。

「お前の家の者も病いにとりつかれているのか。いつから熱が出るようになった」

老人が、母たちを見つめたままたずねた。

「弟と妹は昨日の夜明けから、母は昨日の昼過ぎ頃からです」

「お前は、なんともないのだな」

伊作は、はい、と答えた。

「たちの悪い流行り風邪だ。村おさ様も熱におかされ、臥《ふ》せておられる。村おさ様の家では病魔はらいの祈禱《きとう》をおこなっているが、お前の家でも御先祖様の御位牌の前に灯明をあげるように……」

　老人は、家々をまわって同じことを口にしているらしく、淀《よど》みのない口調で言った。そして、再び母たちの病臥《びょうが》している姿に眼を向け、他の男たちとともに家の外へ出て行った。

　伊作は、家にあがると、位牌の前に灯明をともした。老人の話によると、ほとんどの村人が風邪におかされているらしい。村おさまでが病臥しているとは想像外であった。

　家の裏手にある小川の瀬音が、数日前から高まってきていた。山中の雪どけも本格化し、川も増水している。春の気配は濃く、風邪の流行もやむにちがいない、と思った。

　しかし、翌日、母たちの熱はさらに高くなり、母さえも磯吉やかねと同じように呻き声をあげるようになった。腰痛も増したらしく、伊作にさすってくれ、と言う。気の強い母が、そのようなことを口にするのは、痛みが激烈であることをしめしていた。気かれは、額にあてる布をかえたり、煎じ薬をのませたりしていた。

　薬の効果があらわれたのか、それとも病気の峠を越えたのか、翌朝、磯吉とかねについで母の熱もさがった。頭痛も腰痛もうすらぎ、呻くこともなくなった。母たちは憔悴《しょうすい》しきった顔をしていたが、安堵の表情が浮んでいた。

伊作は、病状の好転を喜んだが、母たちの顔に異常が起りはじめているのに気づいた。顔が少しむくみ、皮膚に汗疹《あせも》のようなものがひろがっている。その発疹《はっしん》は次第に赤みを増し、夕方には手、足、背、胸にも浮き出るようになった。

翌朝、伊作は、母たちの顔が発疹におおわれているのを眼にし、愕然《がくぜん》とした。母は、磯吉やかねの顔の変化が自分にもあらわれているのを知り、指を顔にあてて頭をかしげていた。

「高い熱で汗疹ができたのだろうか」

母は、磯吉たちの顔を釈然としない表情で見つめていた。

久しぶりに風の強い朝で、波のくだける音が重々しくきこえていた。

伊作は、母たちの体になぜ発疹があらわれたのか理解できなかった。風邪と言ってもさまざまな症状をしめし、中には発疹をともなうものがあるのかも知れない。熱がさがった後にあらわれた発疹であることから考えて、風邪の恢復《かいふく》期にみられる現象とも思えた。

熱がさがったので、母たちは気分も軽くなったらしく、半身を起して伊作のつくった昼食をとった。が、高熱のつづいた体はかなり衰弱しているらしく、坐っているのが大儀そうで、椀をおくとすぐに身を横たえ眼を閉じた。伊作は、寝息を立てはじめた母の顔を見つめた。発疹した部分は朝よりもふくれてきていて、内部に透明な液をふくんでいる。磯吉とかねの体の発疹も、母と同じ経過をたどっていた。

入口の蓆《むしろ》が、細目にひらいた。

かれは、土間におりた。村おさの家の下男が、蓆の外に立っていた。

「お前の家にも病んだ者がいるというが、顔に吹出物が出てきてはいないか」

下男は、うかがうような眼をした。

「吹出物というほどのものではありませんが、汗疹のようなものが……」

「やはり出ているか。ともかく浜へすぐに来い、御指図役様から大事なお話があるそうだ」

下男は、口早やに言うと、隣家の方へ小走りに歩いて行った。

伊作は、炉の火の仕末をしながら、下男の言葉から察して発疹がみられるのは母たちだけではないらしいことに気づいた。もしも、村の多くの者がほとんど同時に高熱に喘《あえ》ぎ、しかも一様に発疹に見舞われているとしたら、風邪は流行性のもので、しかも感染力が強いのだろう。指図役が、病人を介抱している者を浜に集めるのは、適当な治療法を指示するためにちがいなかった。

かれは、雪靴をはくと家の外に出た。風は強いが、寒さは感じられない。雪におおわれた道の所々に地面があらわれはじめていた。

浜の塩焼き小屋の近くに、男や女が坐り、指図役が立っていた。伊作は、膝をついて指図役に深く頭を下げ坐った。

指図役の傍に、思いがけぬ老人が若い男に背を支えられて坐っているのに気づいた。数年前に杖《つえ》をついて歩いているのを見たことのある甚兵衛で、その後は、老い衰えて家の中で寝たきりだということを耳にしていた。長年指図役として村おさの信任を得ていたが、老齢のため役目を現在の指図役にゆずった。白い頭髪は薄れ、歯《げ》のない口が半ば開けられている。そのような甚兵衛が、浜に来ていることが解しかねた。

村人たちは、甚兵衛の姿に異様な気配を感じているらしく神妙な表情で坐っていた。

「皆、集ったようだな。大事な話をするから、よくきけ。病いのことだが、甚兵衛様が、もしかすると村の者たちがかかっている病いは風邪などではなく、恐しい病いかも知れぬと言われる。甚兵衛様は、お体がひどく大儀であられるが、気がかりでならずわざわざおいで下された」

指図役が沈痛な表情で言い、甚兵衛に頭をさげた。

甚兵衛が立ち上る気配をみせると、二人の若い男が両側から抱えて立たせた。くぼんだ眼が大きくひらき、体がふるえていた。

「若い頃、隣村に行った時、もがさ（痘瘡《とうそう》）という病いにかかったことのある他国の男と同宿した。男の顔にひどいあばたがあるので、それについてたずねると、もがさにかかった痕《あと》だと言った。もがさは流行り病いで、熱に苦しみ、顔や手足に吹出物ができたあげく、狂い死にする者もいる。たとえ死をまぬがれたとしても、吹出物の痕が醜いあばたとして顔や体中に残る。恐しい病いの話なので、今でも忘れぬ」

甚兵衛は、そこまで言うと苦しそうに息をあえがせた。

伊作は、恐怖を感じたが、まさか、と思った。たしかに母たちの顔や手足には吹出物に似たものが出来ているが、熱はさがり、病いの峠も越えているらしい。恢復のきざしがみえている母たちが、狂死するなどとは想像もつかなかった。

「わしは、余りの恐しさに、病いを癒《い》やす薬はないのか、とたずねた。男は、ない、と答えた。わずかに神仏にお祈りすることと、赤い色のもので身をつつむことだけが、救いだと言った。わしは、お船様にのっていた骸《むくろ》が赤い着物をつけているときいた時は、まだもがさのことは思い出さなかった。が、赤い猿の面があったことを耳にした時、もしや、と思った。もがさは、人から人へと移る死病で、その病いよけに赤い猿の面が使われているのではないか、と考えた。骸が赤い着物をつけていたのは、もがさの病いにかかった者たちだという証拠のようにも思える。わしは、気がかりなのだ」

甚兵衛は、ふりしぼるような声で言うと、崩折れるように砂地に腰をおろした。

村人たちは、身じろぎもせず坐っている。伊作は、猿の面を思い起した。猿なのだから顔が赤いのは当然だが、頭も眼球も赤く、異様であった。甚兵衛の言うように、それは厄除《やくよ》けのものかも知れなかった。

指図役は、しばらく黙っていたが、暗い表情で口を開いた。

「もし、甚兵衛様のお気づかい通りであるとしたら、あの船は、お船様ではなかったことになる。どこかの町村で、もがさという疫病《えきびょう》がそれ以上ひろがらぬように、病いにかかった者たちを船に乗せて追い払ったのかも知れない。病んだ者たちは、漂い流されている間に息絶え、船が村の岩礁《がんしょう》の間にのしあげた。わしたちは、それを知らずに着物を奪い、それにしみついた毒におかされたとも考えられる。村おさ様は、さすがに吹出物でよごれた着物が害にはならぬか、と仰《おお》せられたが、わしはその懸念《けねん》はありますまい、と申し上げた。病いが風邪ではなくもがさであったなら、申訳が立たぬ」

指図役は、顔をゆがめた。

重苦しい沈黙が、かれらの間にひろがった。

「どうしたらよろしいのでしょう」

男の一人が、低い声で言った。

甚兵衛も指図役も、男に視線を向けることはせず黙っていた。


伊作は、息をひそめるように母たちの症状を見守った。

その日も翌日も熱はさがっていたが、吹出物が数を増して顔をおおい、さらに手、足、首筋、胸、背にもひろがるようになった。体がだるいらしく、食欲もない。母は、伊作の介抱をあてにしているのか、波がおだやかな日も漁に出ろとは言わなかった。かれは、煎《せん》じ薬を服《の》ませ、体の汗を布で拭《ぬぐ》ったりしてやっていた。

日が西に傾いた頃、入口の蓆が細目に開き、村おさの下男が顔をのぞかせ、手招きした。伊作は土間におり、蓆の外に出た。指図役が、二人の男とともに立っていた。

指図役は、気づかわしげに容体をたずねた。伊作は、熱がさがっているので快方にむかっているように思える、と答えた。

「吹出物は？」

指図役が、伊作の顔をみつめた。

「多くなっています。顔が最もひどく、口、鼻、耳の中まで出来ています」

伊作の答に、指図役は無言でうなずいた。その暗い表情に、村の病人たちが同じ症状をしめしているらしいことを感じた。

「おたずねいたしますが、もしも、母たちの病いがもがさという流行り病いだとしましたら、介抱する私も病いにとりつかれるはずではないのでしょうか。母たちは熱もさがっていますし、そのような恐しい流行り病いとは思えません」

伊作は、指図役の沈鬱《ちんうつ》そうな表情が大袈裟《おおげさ》すぎるように思えた。

「そのことだが、甚兵衛様はこんなことを仰言《おっしゃ》っている。どのような恐しい流行り病いでも三人に一人は病いで死ぬが、一人は病いにかかりはしても死ぬまでには至らず、残りの一人は病いにもかからぬ由《よし》だ。流行り病いで人間が死に絶えることのないように、という神仏の御慈悲なのだろう。もしも、その通りだとすれば、お前やわしたちが病いにかからぬのも不思議ではないのだ」

指図役は、つぶやくように言った。

他の男が歩き出すと、指図役は暗い眼をして村道へ出て行った。

伊作は、家に入ると炉端に坐った。かねはむずかっているが、母は寝息を立てて眠っている。他の病人がどのような状態かは知らぬが、母たちはやがて平癒《へいゆ》するように思えた。

かれは、夕食の仕度をするため土間におりていった。

その日から二日間、母たちの熱は低かったので楽観していたが、三日目の夜、指図役たちの危惧《きぐ》が的中したような不安におそわれた。熱が急に上昇し、吹出物が密生するようになった。

かねは嘔吐《おうと》を繰返して泣きわめき、母と磯吉は頭痛、腰痛を訴えて呻《うめ》き声をあげる。額に手をふれると、驚くほどの熱であった。

翌朝、伊作は家の中にさしこむ陽光に明るんだ母たちの顔を眼にして、激しい驚きを感じた。吹出物の粘液が黄色く変っていて、それが一斉につぶれ、膿汁《のうじゅう》が流れ出ている。眼も膿《うみ》でふさがれ、母たちはそれを指でぬぐう力もなく、ただ息を荒々しく喘がせていた。

かれは、ようやく母たちの病いがけっして風邪などという生易しい病いではなく、甚兵衛の口にしたもがさという病いらしいことを感じた。病いというよりも、母たちがなにかに呪《のろ》われているようにみえた。もがさという病名の語感も、無気味であった。

母と磯吉は、獣のような呻き声をあげ、かねはかすれた声で泣きわめき、時々ひきつけを起す。煎じ薬などなんの効果もなく、母たちをどのように扱えばよいのか見当もつかなかった。

かれは、不安におそわれて家を出ると、浜の方に走った。指図役を中心に村人たちが集っているのではないかと思ったのだが、浜に人の姿はなく、村おさの家に向った。母たちを救う方法を指示してもらいたかった。村おさの家に通じる坂をのぼってゆくと、庭に十人近い男女が立っているのがみえた。かれらの顔は、青ざめていた。

「膿が顔に流れている」

伊作は、かれらに走り寄ると叫んだ。

「おれの所もそうだ。どこの家の病人も顔が膿でおおわれている」

中年の男が、ふるえをおびた声で言った。

家の中から指図役の老人が出てきた。かれの白い髭《ひげ》におおわれた顔はやつれ、眼は充血していた。

かれは、集っている者たちを見まわすと、

「甚兵衛様の言う通り、病いはもがさにまちがいない。村おさ様の眼も膿でふさがれた」

と、弱々しい声で言った。

「病いを軽くするにはどうしたらよいのですか」

男の一人が、悲しげな声でたずねた。

指図役は、

「神仏にお祈りする以外にない」

と答え、顔を伏したまま庭を出るとよろめくように坂をおりて行った。

村の中は、騒然としていた。家々に病臥《びょうが》している者たちの症状はほとんど同じで、錯乱状態になった者も多いようだった。伊作の家では、かねがはっきり狂乱の様子をしめし、泣き声とも笑い声ともつかぬ奇声をあげて跳ね起きることを繰返す。その都度、伊作はかねを蓆の中に横たえた。

翌朝になると、夜のうちに死んだ者がいることがつたえられた。伊作の家では、かねの容体が悪化し、午《うま》の刻《こく》ごろ激しい痙攣《けいれん》を起した末、息絶えた。母も磯吉も意識が失われていて、かねの死には気づかなかった。

その日、指図役の老人が書置きを家に残し、烏ノ鼻に近い断崖《だんがい》から飛び降りて命を絶った。遺体は波に洗われた岩にたたきつけられ、頭が砕かれていた。書置きは村おさ宛《あ》てのもので、膿汁によごれた赤い着物を無毒と考えて家々に配布したため村に悪疫がひろがったことを深く詫《わ》び、死をもって罪をつぐなうと記されていた。

遺体は、指図役の息子が舟にのせて沖へ運び、流した。自殺は罪深いものとされ、土中に埋めることはせず潮流に放つのが習わしであった。

指図役の死で、村の混乱はさらに増した。死者が急激に増していたが、その処置についての指示はなく、病いにかからぬ者はただ仏前に灯明をともし、祈るだけであった。死者をおさめる棺を作る余裕もなく、遺体は家々に放置されたままであった。

ようやく前指図役の甚兵衛の指示で、二人の男が家々をまわり、遺体の処置方法がつたえられた。多くの遺体を墓地に運びあげるには人手が少く不可能なので、浜で焼き、後日、骨を墓地に埋葬するようにと告げられた。

伊作は、かねの遺体を蓆につつんで家から運び出した。その折も、母と磯吉の意識はなく高熱にあえいでいるだけであった。

かれは、砂浜に材を井桁《いげた》に組んで、その上にかねの遺体をのせた。枯枝に火が点ぜられると材が燃えはじめた。蓆から露《あら》わになったかねの顔が炎につつまれたが、涙も出なかった。周囲では、村人たちが所々で火を起していた。それぞれ遺体にふくまれた疫毒を焼き消すことに熱中しているようにみえ、家族の死を悲しむ気持は忘れているようだった。

死者は嬰児《えいじ》や子供が多かったが、若い男女や老いた者もあった。伊作は、薪《まき》や枯木を火に加え、竹竿《たけざお》でかねの遺体を突いては火が内部まで通るようにしたりした。

夕刻、かれは骨を拾い桶《おけ》に入れた。わずかな量であった。

家にもどると、位牌の前に桶を置き、魚を焼いた。母と磯吉に声をかけて食物をとらせようとしたが、息を喘がせているだけで返事をしない。口や鼻の中にも膿が充満していた。

その夜、強い風をともなった雨が家をつつんだ。翌朝、雨はやんでいたが、風が家をきしませていた。

伊作は、母と磯吉を見守りながらひっそりと時を過した。顔や手足がさらに脹《ふく》れあがり、乾燥した膿汁の下から新たな膿汁がしみ出てくる。皮膚のみえる部分はなく、顔は面でもかぶったように膿汁が盛り上っていた。

甚兵衛の指示をうけた使いの者が来て、痂《かさぶた》が自然にはがれれば平癒するので、無理にはがしてはならぬ、と伝えてきた。伊作は、母や磯吉の痂でおおわれた口の部分にできたわずかな隙間《すきま》から、粥《かゆ》を注ぎ入れてやっていた。

浜では、連日、遺体を焼く火がおこっていた。伊作も落着かず浜に出て行き、薪運びを手伝った。村おさはかなりの重態だが、まだ生きているという話であった。

気温がゆるみ、凪《な》いだ海面に靄《もや》が立ちこめる日が多くなった。裏山の雪は消え、遠い峯々《みねみね》に白い輝きがみえるだけであった。

浜には遺体を焼いた材が黒々とひろがり、その上で時折り火がおこされた。死者の数は少くなり、病いの猖獗《しょうけつ》がようやく下火になったことをしめしていた。

三月に入って間もなく、朝起きた伊作は、母の右眼の部分をおおっていた痂がはがれ落ちているのを見た。眼がかれに向けられた。

「かねは、死んだね」

口をおおっている痂が動き、くぐもったような声がもれた。

伊作はうなずき、

「多くの者が死んだ」

と、答えた。

母は、静かに眼を閉じた。

その夜から、母と磯吉は狂ったように苦しげな声をあげはじめた。痂の下部に猛烈な痒《かゆ》みが一面に湧《わ》き、搔《か》くと患部を悪化させるのでそれもできず、痂の上から手を押しあてたりしていた。

翌日も、痒みは激しかったが熱は低下した。と同時に、足をおおっていた痂が所々はがれはじめ、手にも同じ現象がみられた。顔の痂も、新たに膿がにじみ出ることはなく、乾いた粉のようなものがひろがってきていた。

遺体を焼く煙が昇ることはなくなった。母たちの痒みも徐々に薄らぎ、顔の痂が浮きあがるようになった。伊作は、自然に落ちるのを待った方がいい、と言っていたが、母は、痂に顔をおおわれているのが堪えがたいらしく、穴に指を入れてかき落した。幸い異常は起らず、食物もすすんで口に入れるようになった。痂のはがれた部分の皮膚は妙に白く、吹出物のあった部分のみが赤くくぼんでいた。

伊作は、母たちがようやく平癒したらしいことを知ったが、

「眼が見えない」

と言う磯吉の言葉に、顔色を変えた。磯吉の両眼の中心部には、それぞれ星のようなものが湧いていた。

母と磯吉は、身を起し、炉端に坐《すわ》れるようになったが、口をつぐんでいることが多かった。日を追うて吹出物の部分の赤みも薄らいでいったが、顔だけではなく首筋、肩、手足のくぼみはそのまま残されていた。

伊作は、かねの遺骨を家にとどめておくべきではないと考え、骨を壺《つぼ》に入れかえて山路《やまみち》をたどり、墓所に埋めた。墓地では、中年の女が二体の遺骨を埋葬するために鍬《くわ》

をふるっていた。

数日後の朝、病いにおかされなかった者は一人残らず浜に集るようにという報《しら》せがあった。

伊作は、浜へ行った。

塩焼き小屋の傍に三十名ほどの男女が立っていた。かれは、病いにおかされなかった者の数が余りにも少いことを知り、疫病の流行の激しさをあらためて感じた。

かれは、かれらの顔を自然に眼で探っていた。同年齢の佐平はいたが、民の姿はみられなかった。

村おさをのせた台が、四人の男にかつがれて浜におりてきた。村おさの顔には、吹出物の痕《あと》がなまなましく残されていた。伊作たちは、平伏した。

甚兵衛の息子の万兵衛が、砂地におろされた台の上に坐っている村おさの前に膝《ひざ》をついた。低い声で言葉を交していたが、うなずくと、立ち上って伊作たちを見まわした。

「村おさ様のお言いつけで、私が新たに指図役のお役目をお引受けすることになった。ひどい災いであったが、もがさの病いも去った。これから村おさ様のお言葉をつたえる。死んだ者の骨を家にとどめてある者は、なるべく早目に墓地へ持って行って埋葬せよ。また、今までは病人の介抱にかかりきりであったろうが、達者な者は漁に出、磯で貝を拾い、畠《はたけ》の土を起せ。それでは、これから村おさ様とともに海への祈りをささげる」

万兵衛は、村おさの傍に坐った。

村おさが手を合わせ、伊作たちもそれにならって海にむかって合掌した。嗚咽《おえつ》が周囲に起り、伊作の眼にも涙が湧いた。それまで感じなかったかねの死に対する悲しみが、胸にひろがった。魚のはねるように激しく痙攣しながら息絶えた妹が、哀れに思えた。

その日、骨を入れた袋や箱を手にした者たちの墓地に向う姿がみえた。伊作は、足をひいて山路をのぼってゆく民の父を眼にし、胸にかかえた箱に入っているのは民の骨かも知れぬ、と思った。

翌日は海が荒れ、次の日の朝、伊作は久しぶりに舟を海に出した。磯吉の眼の星は色が濃く、病いが癒《い》えても消えそうにはない。失明しても辛うじて櫓《ろ》は扱えるようになるかも知れぬが、当分の間、舟に乗ることは不可能にちがいなかった。

いつの間にか大鰯《おおいわし》が寄せてきていて、釣糸をたらすとすぐに当りがあり、鱗《うろこ》をひらめかせてあがってくる。他の舟でも、しきりに魚をあげるのが見えた。

夜食は、大鰯を焼いた。

母は、鰯を口に運びながら、

「山中では、桃の花も咲きはじめているだろう」

と、つぶやくように言った。

伊作は、母の顔をみつめた。父が村にもどってくる時期がきていることをあらためて感じた。父が年季奉公に出かけてから三年の間に、てるとかねが病死し、磯吉は失明した。父の嘆きは深く、母は、父と会える喜びよりも恐れの方が強いのだろう。それに、妻として醜く変貌《へんぼう》した顔を父の前にさらすのも辛《つら》いことにちがいなかった。

磯吉は、放心した表情で坐っていたが、母は立ち働くようになった。家の外に出る時は、顔を少しでもかくそうとして布で頰かぶりをする。伊作が村道などで会う女たちも、布で顔をかくしたり菅笠《すげがさ》をかぶっていた。

磯にも女たちの姿が見えたが、民がまじっているのに気づいた。死にはしなかったのだ、と思うと、胸が熱くなった。民は頰かぶりをした上に笠をかぶっている。それは、民の顔にあばたが一面にひろがっていることをしめしていた。

死んだ者の名が、徐々につたえられてきた。従兄《いとこ》の太吉の家では子供が死に、太吉が失明した。菅笠をかぶったくらに手をひかれて歩く太吉の姿も眼にした。母は、干した鰯を笊《ざる》に入れて太吉の家に持って行った。

月が欠けはじめた頃、夜になると村おさの家で鉦《かね》の鳴る音と読経《どきょう》の声が絶えることなくきこえるようになった。初め、伊作は村おさかその家族に死者が出たのかと驚き、村人たちと村おさの家に急いだが、村おさは指図役の万兵衛らとともに経をあげていた。重ねられた蓆《むしろ》に背をもたせて坐っている甚兵衛の姿もみえた。

伊作は、病魔退散を祝う祈りらしいことに気づき、家にもどると先祖の位牌《いはい》の前に灯明をともした。

村おさの家での読経はその夜だけでなく、連日、日が没するとはじまり深夜おそくまでつづく。甚兵衛をはじめ万兵衛ら村の重だった者たちは、村おさの家に泊りこんで鉦をたたき、経をあげているようだった。

伊作は、米をひとつかみつかんで椀《わん》に入れ、村おさの家の縁側に置き、仏壇に合掌した。座敷の空気は、異様であった。村おさたちは、なにかに憑《つ》かれでもしたように眼を血走らせて経を和し、鉦を激しくたたきつづけている。かれらの声は、すっかりかすれていた。

月が釣針のように痩《や》せた夜、足腰の立たぬ者と幼児を除いて一人残らず村おさの家の庭に集るように、という達しがあった。

伊作は、磯吉の手をひく母とともに、松明《たいまつ》で足もとを明るくしながら夜道を急いだ。家々から松明が湧き、それが合流して坂をのぼり村おさの家の庭に集った。村人たちは、庭にたどりつくと火を消し、膝をついた。庭には、数本の松明が土に突き立てられていた。

伊作は、村が平穏をとりもどしたことを感謝する祈禱《きとう》がおこなわれるにちがいない、と思った。正坐《せいざ》する村人たちの顔にも、神妙な表情が浮んでいた。

村おさが、家の奥から姿をあらわすと広縁に坐った。伊作たちは、平伏した。

伊作は、顔をあげ村おさの顔をうかがった。松明の火に浮び出ている村おさの顔には、醜いあばたが一面にひろがっていた。

座敷から土間におりた甚兵衛が、息子の万兵衛と他の男に両側から支えられて、ひきずられるように村おさの坐る広縁に近づき、足をとめた。伊作たちは、頭を深くさげた。

「わしの言うことを、よくきけ。流行《はや》り病いのもがさには、山追いがつきものだ。もがさの毒に染まった者たちは、村にとどまってはならず、山中に入らねばならぬのだ。たとえ病いが癒えても、毒におかされた者が村にとどまれば、また、いつかはひそんだ毒が姿をあらわし、達者な者たちにとりつく」

甚兵衛が激しく体をふるわせているのは泣いているからで、松明の明りに頬を伝い流れる涙が光っていた。

伊作は、意外な甚兵衛の言葉に体をかたくし、どのように解釈すべきかわからなかった。

甚兵衛は顔を少し伏したが、再び顔をあげると、

「わしは、山追いのことを口にするのが辛く、悩んだ。しかし、山追いをしなければ、毒が村に残り、再び病魔がはびこって、果ては人も死に絶え村は消滅してしまう。わしは、村のことを考え、思い切って村おさ様にそのことを申し上げた。村おさ様も病毒にふれられ、お顔もそこなわれた身である。わしは、そのことを申し上げるのが恐れ多かったが、それについて村おさ様はお気持もそこねず……」

と、そこまで言うと、笛の鳴るような泣き声をあげ、崩折れるように土に顔を伏した。

万兵衛の頬にも涙がつたわり流れていたが、その言葉をひきつぐように、

「村おさ様は、村に人が死に絶えては御先祖様に申訳が立たぬ、すすんで山に追われる身になろう、と申された」

と、何度も絶句しながら言った。

伊作は、体が凍りつくのを意識した。村おさの家で読経と鉦がたたかれていたのは、山追いを前にした祈りであったことに気づいた。

山追いとは、終生、村をはなれて山に入ることなのだろうか。山菜や鳥獣を食料にすることはできるが、その量は乏しく、たちまち飢える。山に追われることは、そのまま死にむすびつく。

伊作は、狼狽《ろうばい》した。自分の家で病いにとりつかれなかったのは自分だけで、母と盲目《めしい》になった磯吉は、もがさの毒をもった者として山に追われることになる。

村人たちは、急に動揺しはじめた。互いに顔を見合わせる者もいれば、まだ事情がつかめぬように村おさや万兵衛を見つめている者もいる。

伊作は、自分の傍に坐る母や磯吉に眼を向けることができなかった。母と磯吉がどのような表情をしているのか、恐しかった。

村人たちの間から、かすかなささやきがもれ、それがざわめきになってひろがった。「大変なことになった」「別れることになるのか」という恐怖にふるえた声が、伊作の近くできこえている。村人たちが、体を落着きなく動かした。

「御指図役様」

若い男の悲しげな声が、村人たちの中から起った。

万兵衛が、その声の方向にかすかに顔を向けた。

「山に追われる者は、生涯、村にはもどれぬのでしょうか」

万兵衛は、うなずいた。

若い男は絶句したが、再び口をひらいた。

「山に入れば飢えて死にましょう。隣村か遠い村里に行ってはならぬのですか」

「ならぬ。毒を他村に持ちこめば、その村にももがさがひろがる。わしたちの村の者がもがさにとりつかれたのも、船にのっていた骸《むくろ》の赤い着物の毒によるものだ。他の地の人に迷惑をかけてはならぬ」

万兵衛は、あふれ出る涙をぬぐうこともせず、強い口調で言った。

不意に、村人たちの間にむせぶような泣き声がみちた。伊作の胸にも熱いものがつきあげてきた。母と磯吉と別れねばならぬことが堪えられず、自分も共に山中へ入りたかった。

万兵衛の、とぎれがちの声がした。

「村おさ様は、山追いを前に読経をなされた。心残りなく十分にお経をあげたからには、毒を村にとどめぬために一刻も早く村をはなれねばならぬ、と申され、明日暁の寅《とら》の刻《こく》に御出立《ごしゅったつ》なされる」

万兵衛の言葉に、激しい泣き声が一層たかまった。

「わしと一緒に山中へ入ろう」

村おさの幼児のような声がきこえた。

村おさが立ち、座敷の奥に入ってゆく。伊作たちは、泣きながら平伏した。

「家へもどって匆々《そうそう》に出立の仕度をし、寅の刻まで別れを惜しめ。ただし、見送る者は家の外へ出てはならぬ」

万兵衛が、大きな声で言った。

村人が弱々しく立ち、伊作もそれにならった。かれらは、頭をたれて村おさの庭を出ると、ゆるい傾斜の道をくだってゆく。

夜空に細い月がかかり、満天の星がひろがっている。海は凪ぎ、わずかに磯に寄せる波がほの白くみえるだけであった。

磯吉の手をひいた母が先に立って歩き、家に入った。

母は、炉の火をおこし、炉ばたに磯吉を坐らせると、位牌の前に坐って合掌した。

伊作は、土間に坐りこんで嗚咽した。母たちとともに山へ入りたかったが、それは村の定めにそむくことになる。母と磯吉と別れなければならぬなら、いっそ死んだ方がましだ、と思った。

てるが死に、かねも死んだ。このまま鍋《なべ》に入れた。


「伊作、泣くな」

母の澄んだ声がきこえた。

伊作は、頭をかかえた。

母は、土間におりると俵から米をすくい、鍋《なべ》に入れた。

「村おさ様と共に山に入るのだから、心強い。てるが死に、かねも死んだ。このまま父ちゃんを迎えるのは辛かったが、山に入れば父ちゃんに申訳も立つ。磯吉は、まだ若く哀れだが、毒をうけた身であるのだから諦《あきら》めてもらわねばならぬ」

母は、火に薪《まき》を加えながらつぶやくように言った。

伊作は、悲しんでいてはならぬ、と思った。寅の刻までは、間がない。母と磯吉の出立は確定していることであり、それまでの時間を母たちの傍で過さねばならぬ、と自らに言いきかせた。

かれは立つと、床にあがり炉ばたに腰をおろした。

手をのばし、磯吉の手をつかんだ。磯吉は、身じろぎもせず黙っていた。

米粒が湯の中でおどりはじめたが、やがてそれも鎮《しず》まり、飯が炊《た》けた。

「かたい飯などつくってはすまないが、できたら一カ月近くは生き村おさ様のおそばにいてお守りしたい。それには、食物がなければ……」

母は、飯をにぎって昆布《こんぶ》でつつんだ。さらに大鰯の干物《ひもの》を竹の皮にくるみ、布袋に五升ほどの米を入れた。

伊作は、母の動きを眼で追った。あばたのひろがる母の顔には、不思議にも悲しみの表情はない。眼の光は澄み、穏やかな笑みに近いものすら口もとに浮んでいるようであった。

母は、土間の隅におかれていた赤い着物を手にすると、裏口から出て行った。伊作は、裏手をのぞいてみた。母が、柴《しば》に火を点じ、その上に着物をひろげていた。すぐに炎がおこった。

星の位置が大きく移動し、月も樹林の梢《こずえ》のかげにかくれていた。伊作は、寅の刻が近づいていることを知った。

家の中にもどった母は、再び位牌の前で合掌すると、出立の仕度にとりかかった。米を入れた袋を背負い、にぎり飯をつつんだ昆布と干魚を入れた竹皮の包みを、縄でしばって磯吉の背にくくりつけた。松明に火が点ぜられ、母は、磯吉の手をひいて土間におりた。

「父ちゃんによく仕えて暮すのだ」

母の眼に、初めて光るものが湧《わ》いた。

母は、磯吉と家の外に出た。

伊作は、家の戸口で松明をかざして歩いてゆく母と磯吉の後姿を見送った。松明の火が村道におりると、近づいてきた火と前後して村おさの家の方へ進み、道の傍につき出た岩のかげにかくれていった。

伊作は、立ちつくしていた。

しばらくすると、裏山のふもとに火の列が湧き、それがかすかにゆれながらのぼってゆく。

長い火の列であったが、列の後部がちぢみ、やがて樹林の中に消えていった。その列の中には母、磯吉をはじめ、民も太吉もいるのだ、と、伊作は思った。

星のひろがる空に、かすかに夜明けの気配がきざしていた。


伊作は、放心したように日を過した。

数日後、万兵衛が訪れてくると、漁に出ろ、と言った。かれは、村に残った者たちが仕事も手につかぬことを知って、家々をまわっているようだった。

伊作が初めて舟を出したのは、三月下旬であった。二日つづきの雨がやんで空は青く澄んでいたが、風は残っていて波のうねりは高かった。大鰯の魚影は薄らいでいたが、かれにはどうでもよかった。

かれは、舟を移動させながら釣糸を垂れた。乱れ合うように鱗《うろこ》を光らせていた鰯も、時折り水中をかすめ走るだけになっていた。

声がし、振向くと、漁の手を休めた男が、陸地を指さし、なにか言っている。伊作は、その方向に眼を向けた。

かれは、口を半ば開いた。体が、硬直した。峠に通じる山路《やまみち》を一人の男がおりてきていて、路の両側にひろがる樹林の中に入るところであった。男の歩き方と体つきからみて、父であることはたしかに思えた。その時期に山路をおりてくるのは、父以外にいるはずはなかった。

林の中から、男の姿があらわれた。杖もつかず、たしかな足どりであった。手に、食物でも入れてあるのか、小さな袋をさげている。

咽喉《のど》に嗚咽《おえつ》がつきあげてきた。母のいない家に帰ってこようとしている父が、哀れであった。四人の子供のうち、自分だけが生き残っているのを知った父の驚きと悲しみが、胸を刺した。

かれは、父の悲嘆を眼にしたくなかった。このまま沖に舟を向け、潮にのって遠い所へでも行ってしまいたかった。

体から力がぬけ、頭の中が空白になった。為体《えたい》の知れぬ叫び声が、口からふき出た。

かれは、櫓《ろ》をとると舟を浜の方向に進めていった。

解説

饗庭孝男

1

読者がここに読むものは、簡明で無駄なく、まるで硬質な文体がそぎおとすように刻みあげてゆく、かつての漁村の苛酷《かこく》な不幸の物語である。作者の表現は、その記述的なスタイルをとおして、倫理的、あるいは感情的な判断を抑えるため、おのずから物語自体がその輪郭をうかびあがらせてくるようなかたちをもっている。したがって読者は、判断の自由な領域で、この忘れがたい作品の内実を読みとってゆくことができるのである。

作者は村の一つの家に照明をあて、同時にその視点からこの閉鎖的で孤立する村の悲劇の過程を細部から明らかにしてゆく。村民一人一人の生き方に全《すべ》てがかかわり、又、村の全ての運命が一人一人の生き方を支配するこの物語を読むと、読者はたとえば柳田国男がとらえた「常民」の像とでもいうべきものを、想像力で十分に復元することができよう。柳田がのべた神の言葉をつたえる女の役割、生と死の交流を信ずる「常民」の姿、共同体の維持のためには「個」の意志に先んじて結婚の形態がさまざまな仕方で行われる習慣、出稼ぎと「口べらし」の原初的な機能等々と通底するものが、この『破船』のなかにも容易に見出《みいだ》すことができるのである。

主人公の伊作は九歳、父は三年間の年季奉公で回船問屋に売られており、母と弟の磯吉、それに「かね」と「てる」の妹たちと彼は暮しているが、彼はすでに浜辺で働き、やがて「村おさ」の命令で「塩焼き」に出る。そのうち幼ない磯吉も母の言いつけで家事を手伝い、伊作と漁をおぼえる。

戸数十七戸の村は誰しもが他の家の事情に通じている。たとえば吉蔵の妻は三年の年季で売られたが、その間に他の男と通じたうたがいで夫に殴打《おうだ》されている、というような事柄だ。やがて彼女は堪えかねて首をつり、吉蔵も崖《がけ》から投身して死ぬ。伊作は仙吉の娘、民に恋をおぼえるが、労働のきびしさと習慣はそれをゆるさない。伊作と同年の佐平の父も民の姉も口入れ屋で身を売り、貧困は遍在している。

伊作の親類の太吉のところへ来た「くら」はたくましい女で「野合わせ」によって太吉と結ばれたという。伊作は村人にまじって鰯《いわし》とりや蛸《たこ》とりはできてもさんまの手づかみは出来ない。したがって他の家より栄養は乏しい。彼は太吉におしえられてやっとその方法を覚える。彼は母が叱《しか》る口ぐせである「魚をみろ、魚でさえいつも体を動かす」というように働いて父の不在の家を支えなければならない。

ところで「塩焼き」は、単に塩を生産するだけでなく、夜焼くその明りにひきよせられ、岩礁《がんしょう》で破船する船の積荷を奪うためだ。村の生活はそれで一時的にせようるおうが、いいかえればそれは村ぐるみの犯罪であると言ってよい。この船の到来をねがう祭事が「お船様」であり、その祈願は孕《はら》み女が中心となって行われ、「村おさ」の家で箱膳《はこぜん》をけとばすことを主要な行為とする。大柄で生命力にみちた「くら」は、この「お船様」の来た年の祈願の孕み女であった。この年、大量の米を積んだ船が破船し、船に傷ついて残った男四人も全て殺され、三百余の俵は家々に分配された。

伊作の家には八俵が与えられたが、それは数年間を支える米となる。このおそるべき行為は他村にもれず、徹底して秘密とされ、もれるおそれのある時は山中に移して隠匿《いんとく》されるが、もし露見してお上《かみ》に引き立てられれば死罪をふくむ重罪となる。ところで伊作はそうなった場合、他の土地で死ぬこととなり、したがって自分の霊はこの村に帰れず、地獄におちると思っている。これは村の民俗的な思考であり、自らの魂は先祖の死者の霊帰《たまがえ》りであると信じられているからである。伊作がおそれるのは、そうした先祖との連続性をたち切られることであった。

父が年季明けで帰る年の一月下旬、ふたたび「お船様」が到来するが、今度は幸福ではなく災厄の到来であった。天然痘《てんねんとう》にかかり、船にのせられ、それ以上のわざわいをさけて他村から追放された積荷のない船であった。そこには死者とわずかばかりの赤い着物があったが、その船の意味がわからずに、赤い着物をうばった村民たちは、病におかされて次々と死ぬ。判断をあやまった指図役は自殺し、病癒《い》えたものも「村おさ」とともに「山追い」のために山に入る。しかしそれは山中での死を意味するものであった。伊作の家は先に亡《な》くなっていた「てる」は別として「かね」が死に、母と磯吉があばた面《づら》で生き残ったものの「山追い」となり、やがて一人になった伊作のもとに年季をおえた、何も知らぬ父が帰ってくる。

物語は、したがって父の出発からこの帰村までの三年間をたどる形で展開されるのである。

2

この小説は、すでにふれたように、古い民俗的な関心を喚起させるものがまことに多い。このように個人の生活が共同体を維持する思考によって左右されていた時代は、少くともそうした思考がゆるやかになった現代からみて、逆につよい関心をかき立てよう。

この小説の中心には、二つの「お船様」がおかれている。米を積んだ船は共同体に「幸福」を、疫病《えきびょう》の死者をのせた船は、その「災厄」と死の危険を示している。そして、小説の時間の枠組は、先にのべた父の出発から帰還までである。これが小説の構造であろう。

村の生と繁栄は、生殖にかかわる孕み女の祭事から生れるが、村の不滅は、「個々」の霊が先祖がえりの霊によって保たれ、しかもそれは自然の連続性のあらわれとして認識されるにすぎない。こうした村を維持する労働は、不在の父にかわる母や幼ない伊作らの努力をふくんで機能しており、したがって全体としての村の生活のリズムは保たれるのである。

村内の結婚に関していえば、年季奉公の長すぎた娘が帰村し、初婚の相手がいない時は再婚の対象となる以外にはない、ということも共同体の維持にとって必要なことである。ちょうど柳田国男が「作り高と村の戸数」とを減少させないことを主義とした前時代の農政において「娘があれば年が違っても聟《むこ》を取る。後家には出来る限り入《にゅう》夫《ふ》をする」（『木綿以前の事』）と指摘した事実と同じであろう。

私はこの小説を読みながら、たとえば長塚節の『土』に描かれた世界と通底するものを読む思いがした。それは「食扶持《くいぶち》」のふえるのをおそれて妻のひそかな堕胎をみとめた男が、その傷口から破傷風になって死んだ妻のかわりをもらわず、時には盗みをして生きてゆかねばならない現実を描いているからである。そこになお、手元に残った娘に若衆の「夜這《よば》い」をゆるさないため、彼らから近親相姦《そうかん》の噂《うわさ》をたてられる、という条《くだ》りを読む時、共同体における「口べらし」や、結婚による補充の必要性、貧困と盗みの相関性、そしてある程度までの盗みならこれを黙認するという村の習慣等、すべて『破船』にも通う問題があることに気づくのである。

この『破船』は、したがって右にのべたような民俗的な特色が象徴的に与えられており、古い共同体の習俗が祭事と禁忌にふかく規定されながら、現代のありきたりなモラルと感情をこえ「個」の判断をこえて機能するありさまを描く点で、すぐれた魅力を示していると言ってよい。いいかえれば、それは、「現象学」的な接近の方法によって、事柄の本質をとらえようとする態度であろう。

その上、内閉し、孤立するこの村が、魚群の出現や、嵐、あるいは山野の季節の推移にともなう食物に依存して生きなければならないという、自然のリズムの支配をとらえ、三年という期間を区切りながら、そのリズムのなかに「お船様」の到来という偶然の「祭」を点景し、それがおよぼす思いがけない幸福と不幸をあざやかにうきぼりする点で、作者の手腕は非凡である。自然のリズムにたいする人為の及びがたさと、翻弄《ほんろう》される人事のみじめさは、また私に、井伏鱒二の名作『川』や『虎松日誌』、あるいは『青ヶ島大概記』を思い出させた。

作者はこうした主題を、極度にきりつめられた、緊張感あふれる表現力によって描き出し、鮮明に情景を現出させるのである。

「伊作は、立ちつくしていた。

しばらくすると、裏山のふもとに火の列が湧《わ》き、それがかすかにゆれながらのぼってゆく。

長い火の列であったが、列の後部がちぢみ、やがて樹林の中に消えていった。その列の中には母、磯吉をはじめ、民も太吉もいるのだ、と、伊作は思った。

星のひろがる空に、かすかに夜明けの気配がきざしていた」

たとえばこれは、末尾近い「山追い」の最後の場面であるが、このがれようのない村の苛酷な運命を語る上で、作者はこの主題におぼれることなく、感情移入をきびしく排除することによって、かえって読者のなかに、この悲劇への想像力の自在な展開をゆるす方法を示している。それは単にこの作品にとどまらず、作者、吉村昭の他の秀作にも見られる独自な態度であると言えよう。

（昭和六十年三月、文芸評論家）

この作品は昭和五十七年二月筑摩書房より刊行された。

吉村昭著 漂流

水もわかず、生活の手段とてない絶海の火山島に漂着後十二年、ついに生還した海の男がいた。その壮絶な生きざまを描いた長編小説。

吉村昭著 空白の戦記

闇に葬られた軍艦事故の真相、沖縄決戦の秘話……。正史にのらない戦争記録を発掘し、戦争の陰に生きた人々のドラマを追求する。

吉村昭著 海の史劇

《日本海海戦》の劇的な全貌。七カ月に及ぶ大回航の苦心と、迎え撃つ日本側の態度、海戦の詳細などを克明に描いた空前の記録文学。

吉村昭著 大本営が震えた日

開戦を指令した極秘命令書の敵中紛失、南下輸送船団の隠密作戦。太平洋戦争開戦前夜に大本営を震撼させた恐るべき事件の全容——。

吉村昭著 背中の勲章

太平洋上に張られた哨戒線で捕虜となり、アメリカ本土で転々と抑留生活を送った海の兵士の知られざる生。小説太平洋戦争裏面史。

吉村昭著 羆（くまあらし）嵐

北海道の開拓村を突然恐怖のドン底に陥れた巨大な羆の出現。大正四年の事件を素材に自然の威容の前でなす術のない人間の姿を描く。

吉村昭著

長英逃亡（上・下）

幕府の鎖国政策を批判して終身禁固となった当代一の蘭学者・高野長英は獄舎に放火させて脱獄。六年半にわたって全国を逃げのびる。

吉村昭著

冷い夏、熱い夏

毎日芸術賞受賞

肺癌に侵され激痛との格闘のすえに逝った弟。強い信念のもとに癌であることを隠し通し、ゆるぎない眼で死をみつめた感動の長編小説。

吉村昭著

仮釈放

浮気をした妻と相手の母親を殺して無期刑に処せられた男が、16年後に仮釈放された。彼は与えられた自由を享受することができるか？

吉村昭著

ふぉん・しいほるとの娘

吉川英治文学賞受賞（上・下）

幕末の日本に最新の西洋医学を伝え神のごとく敬われたシーボルトと遊女・其扇の間に生まれたお稲の、波瀾の生涯を描く歴史大作。

吉村昭著

桜田門外ノ変（上・下）

幕政改革から倒幕へ――。尊王攘夷運動の一大転機となった井伊大老暗殺事件を、水戸薩摩両藩十八人の襲撃者の側から描く歴史大作。

吉村昭著

ニコライ遭難

〝ロシア皇太子、襲わる〟――近代国家への道を歩む明治日本を震撼させた未曾有の国難・大津事件に揺れる世相を活写する歴史長編。

吉村昭著

天狗争乱

大佛次郎賞受賞

幕末日本を震撼させた「天狗党の乱」。水戸尊攘派の挙兵から中山道中の行軍、そして越前での非情な末路までを克明に描いた雄編。

吉村昭著

プリズンの満月

東京裁判がもたらした異様な空間……巣鴨プリズン。そこに生きた戦犯と刑務官たちの懊悩。綿密な取材が光る吉村文学の新境地。

吉村昭著

わたしの流儀

作家冥利に尽きる貴重な体験、日常の小さな発見、ユーモアに富んだ日々の暮し、そしてあの小説の執筆秘話を綴る芳醇な随筆集。

吉村昭著

アメリカ彦蔵

破船漂流のはてに渡米、帰国後日米外交の先駆となり、日本初の新聞を創刊した男――アメリカ彦蔵の生涯と激動の幕末期を描く。

吉村昭著

生麦事件（上・下）

薩摩の大名行列に乱入した英国人が斬殺された――攘夷の潮流を変えた生麦事件を軸に激動の五年を圧倒的なダイナミズムで活写する。

吉村昭著

島抜け

種子島に流された大坂の講釈師瑞龍は、流人仲間と脱島を決行。漂流の末、流れついた先は何と中国だった……。表題作ほか二編収録。

吉村昭著

天に遊ぶ

日常生活の劇的な一瞬を切り取ることで、言葉には出来ない微妙な人間心理を浮き彫りにしてゆく、まさに名人芸の掌編小説21編。

吉村昭著

敵（かたきうち）討

江戸時代に美風として賞賛された敵討は、明治に入り一転して殺人罪に……時代の流れに抗しながら意志を貫く人びとの心情を描く。

吉村昭著

大黒屋光太夫（上・下）

鎖国日本からロシア北辺の地に漂着し、帝都ペテルブルグまで漂泊した光太夫の不屈の生涯。新史料も駆使した漂流記小説の金字塔。

吉村昭著

わたしの普段着

人と触れあい、旅に遊び、平穏な日々の愉しみを衒いなく綴る――。静かなる気骨の人、吉村昭の穏やかな声が聞こえるエッセイ集。

吉村昭著

彰義隊

皇族でありながら朝敵となった上野寛永寺山主の輪王寺宮能久親王。その数奇なる人生を通して江戸時代の終焉を描く畢生の歴史文学。

吉村昭著

羆（ひぐま）

愛する若妻を殺した羆を追って雪山深く分けいる中年猟師の執念と矜持――表題作のほか「蘭鋳」「軍鶏」「鳩」等、動物小説5編。

山崎豊子著　暖簾《のれん》

丁稚からたたき上げた老舗の主人吾平を中心に、親子二代“のれん”に全力を傾ける不屈の大阪商人の気骨と徹底した商業モラルを描く。

山崎豊子著　華麗なる一族（上・中・下）

大衆から預金を獲得し、裏では冷酷に産業界を支配する権力機構〈銀行〉——野望に燃える万俵大介とその一族の熾烈な人間ドラマ。

山崎豊子著　ムッシュ・クラタ

フランスかぶれと見られていた新聞人が戦場で示したダンディな強靭さを描いた表題作など、鋭い人間観察に裏打ちされた中・短編集。

山崎豊子著　女系家族（上・下）

代々養子婿をとる大阪・船場の木綿問屋四代目嘉蔵の遺言をめぐってくりひろげられる遺産相続の醜い争い。欲に絡む女の正体を抉る。

山崎豊子著　白い巨塔（一〜五）

癌の検査・手術、泥沼の教授選、誤診裁判などを綿密にとらえ、尊厳であるべき医学界に渦巻く人間の欲望と打算を迫真の筆に描く。

山崎豊子著　女の勲章（上・下）

洋裁学院を拡張し、絢爛たる服飾界に君臨するデザイナー大庭式子を中心に、名声や富を求める虚栄心に翻弄される女の生き方を追究。

司馬遼太郎著

花神（上・中・下）

周防の村医から一転して官軍総司令官となり、維新の渦中で非業の死をとげた、日本近代兵制の創始者大村益次郎の波瀾の生涯を描く。

司馬遼太郎著

胡蝶の夢（一〜四）

巨大な組織・江戸幕府が崩壊してゆく——この激動期に、時代が求める〝蘭学〟という鋭いメスで身分社会を切り裂いていった男たち。

司馬遼太郎著

項羽と劉邦（上・中・下）

秦の始皇帝没後の動乱中国で覇を争う項羽と劉邦。天下を制する〝人望〟とは何かを、史上最高の典型によってきわめつくした歴史大作。

司馬遼太郎著

風神の門（上・下）

猿飛佐助の影となって徳川に立向った忍者霧隠才蔵と真田十勇士たち。屈曲した情熱を秘めた忍者たちの人間味あふれる波瀾の生涯。

司馬遼太郎著

覇王の家（上・下）

徳川三百年の礎を、隷属忍従と徹底した模倣のうちに築きあげていった徳川家康。俗説の裏に隠された〝タヌキおやじ〟の実像を探る。

司馬遼太郎著

峠（上・中・下）

幕末の激動期に、封建制の崩壊を見通しながら、武士道に生きるため、越後長岡藩をひきいて官軍と戦った河井継之助の壮烈な生涯。

池波正太郎著
真田太平記（一～十二）
天下分け目の決戦を、父・弟と兄とが豊臣方と徳川方とに別れて戦った信州・真田家の波瀾にとんだ歴史をたどる大河小説。全12巻。

池波正太郎著
谷中・首ふり坂
初めて連れていかれた茶屋の女に魅せられて武士の身分を捨てる男を描く表題作など、本書初収録の3編を含む文庫オリジナル短編集。

池波正太郎著
秘伝の声（上・下）
師の臨終にあたって、秘伝書を土中に埋めることを命じられた二人の青年剣士の対照的な運命を描きつつ、著者最後の人生観を伝える。

池波正太郎著
堀部安兵衛（上・下）
因果に鍛えられ、運命に磨かれ、「高田の馬場の決闘」と「忠臣蔵」の二大事件を疾けた赤穂義士随一の名物男の、痛快無比な一代記。

池波正太郎著
剣の天地（上・下）
戦国乱世に、剣禅一如の境地をひらいて新陰流の創始者となり、剣聖とあおがれた上州の武将・上泉伊勢守の生涯を描く長編時代小説。

池波正太郎著
俠　客（上・下）
「お若えの、お待ちなせえやし」の幡随院長兵衛とはどんな人物だったのか――旗本水野十郎左衛門との宿命的な対決を通して描く。

山本周五郎著
虚空遍歴（上・下）
侍の身分を捨て、芸道を究めるために一生を賭けて悔いることのなかった中藤冲也——苛酷な運命を生きる真の芸術家の姿を描き出す。

山本周五郎著
ながい坂（上・下）
人生は、長い坂。重い荷を背負い、一歩一歩、確かめながら上るのみ——。一人の男の孤独で厳しい半生を描く、周五郎文学の到達点。

山本周五郎著
つゆのひぬま
娼家に働く女の一途なまごころに、虐げられた不信の心が打負かされる姿を感動的に描いた人間讃歌「つゆのひぬま」等9編を収める。

山本周五郎著
ちいさこべ
江戸の大火ですべてを失いながら、みなしご達の面倒まで引き受けて再建に奮闘する大工の若棟梁の心意気を描いた表題作など4編。

山本周五郎著
やぶからし
幸せな家庭や子供を捨ててまで、勘当された放蕩者の前夫にはしる女心のひだの裏側を抉った表題作ほか、「ばちあたり」など全12編。

山本周五郎著
風流太平記
江戸後期、ひそかにイスパニアから武器を密輸して幕府転覆をはかる紀州徳川家。この大陰謀に立ち向かう花田三兄弟の剣と恋の物語。

破《は》　船《せん》

新潮文庫　よ－5－18

昭和六十年三月二十五日　発行
平成二十四年六月二十五日　二十六刷改版
令和六年九月二十日　三十七刷

著者　吉《よし》村《むら》昭《あきら》
発行者　佐藤隆信
発行所　株式会社　新潮社

郵便番号　一六二―八七一一
東京都新宿区矢来町七一
電話　編集部(〇三)三二六六―五四四〇
　　　読者係(〇三)三二六六―五一一一
https://www.shinchosha.co.jp

価格はカバーに表示してあります。

乱丁・落丁本は、ご面倒ですが小社読者係宛ご送付ください。送料小社負担にてお取替えいたします。

印刷・錦明印刷株式会社　製本・株式会社植木製本所

ISBN978-4-10-111718-8 C0193